KB078035

Sanctum
생텀

이영균 장편 소설

FUSION FANTASTIC STORY

생텀 3

이영균 장편 소설

초판 1쇄 찍은 날 § 2014년 8월 6일
초판 1쇄 펴낸 날 § 2014년 8월 13일

지은이 § 이영균
펴낸이 § 서경석

편집부장 § 권태완
편집책임 § 박가연

펴낸곳 § 도서출판 청어람
등록번호 § 제387-1999-000006호
등록일자 § 1999. 5. 31
어람번호 § 제1-1910호

주소 § 경기도 부천시 원미구 부일로 483번길 40 서경B/D 3F (우) 420-822
전화 § 032-656-4452 팩스 § 032-656-4453
http://www.chungeoram.com
E-mail § chungeorambook@daum.net

ISBN 979-11-316-9146-5 04810
ISBN 979-11-316-9105-2 (세트)

Sanctum
생텀

이영균 장편 소설

FUSION FANTASTIC STORY

3

도서출판
청어람

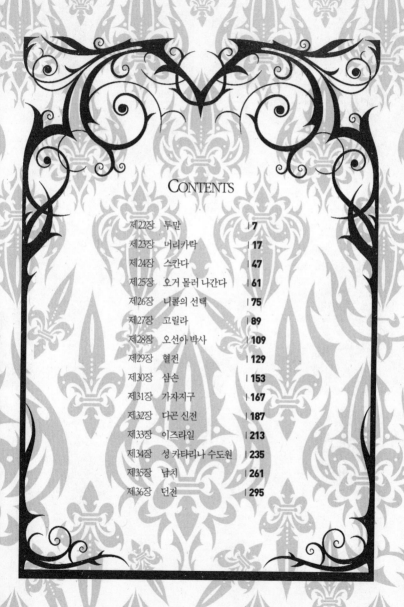

CONTENTS

제22장

투말

투날은 집 안에 숨어 창문과 문틈을 통해 자신을 훔쳐보고 있는 고블린들을 승자의 눈으로 바라보았다.

고블린들의 노란 눈동자 속에는 절대자에 대한 두려움와 경외심이 가득 차 있었다.

두려움의 원천이 자신이란 점이 몸서리치게 좋았다.

"크크크, 바로 이기분이야."

8년 전 카이탁을 처음 만난 그날이 기억났다.

그날 투날도 저 고블린과 같은 눈빛으로 카이탁을 바라보았다.

투날은 이집트 시나이반도와 이스라엘 사이의 지중해 연안 지역에 자리 잡은 팔레스타인 자치구인 가자지구에서 알라에딘 바쉬르의 넷째 아들로 태어났다.

이맘이었던 아버지 알라에딘 바쉬르는 아들 중 가장 똑똑했던 투날이 자신의 뒤를 잇기를 바랐다.

그러나 투날은 아버지처럼 평생 코란만을 들여다보며 세월을 허비할 생각은 전혀 없었다.

투날은 아버지와 형제자매들이 믿는 '알라' 의 존재를 부정했다.

신이 있다면 수없이 많은 사람이 병과 굶주림과 전쟁으로 죽어갈 이유가 없다고 생각해서다.

투날은 현대의 또 다른 신, 의사가 되기로 마음먹었다.

뜻을 이루기에 충분할 만큼 명석했던 투날은 아버지의 반대를 무릅쓰고 가자지구의 자치 정부를 자칭하는 하마스(HAMAS)의 도움을 받아 지하 터널을 통해 이집트로 밀입국했다.

이집트에 도착한 투날은 하마스에 무기와 자금을 지원하는 이집트 이슬람 근본주의자들인 이슬람 형제단의 후원으로 카이로 국립대학 의학부에 입학할 수 있었다.

대학에서 투날이 선택한 과목은 인류가 극복하지 못한 대표적인 질병인 암이었다.

인류는 암을 극복하지 못했지만 투날은 자신이 그 일을 할 수 있다고 확신하고 있었다.

계획은 순탄하게 진행되는 듯했다.

투날은 우수한 성적으로 의과대학을 마쳤고 그래서 이집트 암 치료 분야의 최고봉이라고 할 수 있는 카이로 국립 암 병원으로부터 스카우트를 받았다.

하지만 투날은 결국 카이로 국립 암병원에 가지 못했다.

이스라엘에 의해 완벽하게 봉쇄된 가자지구는 극심한 의사 부족을 겪고 있었다. 투날의 후원자였던 하마스는 그가 가자지구로 돌아와 동포들을 치료해 주기를 바랐다.

동포를 위해 꿈을 접은 투날은 하마스의 요청대로 가자지구로 돌아와 전심전력을 다해 환자들을 치료했다.

실력 있고 환자를 진심으로 위해주는 마음씨 좋은 의사라는 평판이 자연스럽게 따라붙었다.

환자들도 헌신적으로 자신들을 돌봐주는 투날을 사랑했다.

어느새 투날은 가자지구에서 가장 존경받는 의사가 되어 있었다.

그러나 명성이 높아갈수록 투날의 가슴은 공허해지고 있었다.

투날은 자신이 더 위대해질 수 있다고 믿었다.

그리고 그렇게 되려면 본래의 목적이었던 암을 정복해야 했다.

수시로 폭탄이 떨어지고 단전이 되는 척박한 환경 속에서도 투날은 암 연구를 계속했다.

하마스도 도움을 주었다.

그동안 투날의 헌신적인 의료 활동에 깊은 감명을 받고 있었던 하마스 지도부는 혹여라도 투날의 목표가 이뤄진다면 팔레스타인인의 자긍심을 한껏 드높일 수 있다고 판단했다.

그렇게 2년이 흘렀다.

모든 일이 잘 풀리는 듯했다.

미미하나마 연구 성과도 있었고 미국에 사는 팔레스타인계 의사의 이름을 빌어 논문을 발표해 학계로부터 좋은 평가도 받았다.

그러나 투날이 쌓아 올린 공든 탑은 사상누각 위에 세워진 신기루에 지나지 않는다는 사실이 밝혀졌다.

생텀 코퍼레이션!

완벽한 항암치료제 출시라는 화려한 타이틀을 걸고 세상에 등장한 회사의 이름이다.

기적은 투날의 손과 두뇌에서 일어나는 것이 아니라 생텀 코퍼레이션에서 생산한 파랗고, 빨갛고, 하얀 알약들에게서 일어났다.

투날에게 한없는 경외와 존경을 보내던 환자들의 얼굴에 비웃음이 서린 것도 그때쯤이었다.

무시는 참을 수 있어도 경멸은 참을 수 없는 법이다.

경멸을 보내는 상대가 투날의 보호하에 있던 하찮은 이들이라면 더욱 그렇다.

스스로를 지탱하고 있던 마음속 무언가가 와르르 무너져 내려 버린 투날은 누가 고귀한 사람인지 모르는 환자들이 대가를 치러야 한다고 생각했다.

투날은 다량의 모르핀을 가장 심하게 자신을 비웃던 환자에게 주사했다.

환자는 투날이 제공한 최후의 쾌락에 취해 죽음의 문턱을 넘었다.

눈 한 번 깜짝이지 않고 환자의 죽음의 과정을 관찰한 투날은 뜻밖의 감정 변화에 당황했다.

화가 풀릴 줄 알았다.

아니, 두려움과 공포가 부서진 마음을 채울 줄 알았다.

그러나 환자가 죽는 바로 그 순간 투날이 느낀 감정은 승리, 권력, 도취 그리고 어쩌면 오르가즘이라고 정의할 수 있는 그런 종류의 흥분이었다.

신이 인간의 생명을 저울질할 때 바로 이런 감정을 느낄 거란 생각이 들었다.

투날은 기꺼이 신의 대리자가 되기로 결정하고 그날 밤, 환자 123명의 생명 재판을 주재했다.

재판의 결과는 당연히 한 명도 빠짐없이 사형이었다.

*   *   *

하마스는 동족들을 죽인 이가 다른 이도 아닌 투날이란 사실에 분노했다.

하지만 그 사실을 외부로 공표할 수는 없었다.

하마스는 투날이 얻은 명성이 자신들의 후원에 기반을 둔 것이란 사실을 선전에 이용하고 있었다.

당혹스러웠던 하마스는 궁리 끝에 환자들의 사인을 전염병으로 발표했다. 그리고 비밀리에 투날을 옛 신전 유적의 지하에 가두었다.

빛 한 점 들지 않는 지하 감옥에 갇힌 투날은 그가 환자들에게 그랬던 것처럼 자신의 생명이 저울에 올려지기를 기다리는 신세가 되고 말았다.

그때, 카이탁이 홀연히 나타났다.

카이탁은 투날의 행위가 신에 가까워지는 길이라고 말했다.

또한 세상의 신들 모두가 거짓 신이라고도 폄훼했으며 진실한 신은 오직 투르칸뿐이라고 주장했다.

　납득하기 어려운 해괴한 논리였지만 도저히 반박할 수 없었다.

　카이탁의 손짓에 단단한 석벽이 녹아내렸고 달려온 경비병들이 한 줌의 검은 액체로 녹아 내렸다.

　분명 그것은 신의 행사였다.

　투날은 카이탁의 제자가 되었다.

　카이탁은 투날에게 죽지 않는 몸과 마음껏 인간의 생명을 저울질할 수 있는 지식을 주었다.

　투날은 자신이 신에 근접하고 있다고 생각했다.

제23장

머리카락

꼭지가 돌아버린 무혁이 앞뒤 가리지 않고 튀어나가자 세바스찬은 당황하지 않을 수 없었다.

"미쳤어!"

무혁은 불과 3~4시간 전에 오거와 혈투를 벌여 마나가 바닥났다.

지구의 척박한 마나 사정을 고려하면 현재 무혁의 몸 안에는 한 줌의 마나도 없어야 당연했다.

"오러도 사용하지 못하면서 무슨 만용이람."

로미가 세바스찬의 옆구리를 찔렀다.

"뭐해요. 빨리 도와주지 않고."

"안 그래도 그럴 참이야."

세바스찬은 몸을 일으켰다.

어느새 마을 초입에 도달한 무혁이 바스타드 소드를 치켜드는 모습이 보였다.

무혁의 바스타드 소드가 희미하긴 하지만 그래도 식별할 수 있는 정도로 빛나고 있었다.

"…말이 되나?"

진심으로 충격받은 세바스찬과 달리 정작 무혁은 오러를 쓸 수 있다는 사실을 당연하게 받아들이고 있었다.

키메라와 싸울 때도 짧은 시간 안에 약간의 마나가 채워졌던 경험 때문이다.

세바스찬이 경악을 하든 말든 무혁의 정신은 카이탁에게만 집중되어 있었다.

'넌 죽었다고!'

물수제비를 잘 뜬 돌멩이처럼 지면을 스쳐 달린 무혁이 마을 입구에 도달했을 때, 카이탁이 고개를 돌렸다.

자신의 의지와 상관없이 무혁에 의해 카이탁으로 오해당한 투날은 황당하다는 생각부터 했다.

'콩고 정글 한복판에서 바스타드 소드를 휘두르는 동양인

이라니……'

B급 액션 영화의 한 장면같이 느껴졌다.

그러나 현실은 현실이었다.

총알처럼 다가오고 있는 동양인의 바스타드 소드에는 아프리카의 뜨거운 태양아래서도 구별할 수 있을 만큼 밝은 백색 아지랑이가 피어오르고 있었다.

'오러!!'

스승이 숫하게 경고했던 바로 그 오러다.

스승은 오러를 가진 자는 인간이 아닌 초인이라고 말했다.

굳이 스승의 말이 맞는지 경험해 보고 싶은 생각은 추호도 없었다.

신의 능력을 가지고 있는 스승과 달리 투날은 고블린 한 마리분의 무력도 가지고 있지 않았다.

투날은 품에 손을 넣어 순간이동 스크롤을 꺼냈다.

카이탁이 품에 손을 넣는 모습을 발견한 무혁은 니콜을 호출했다.

[무엇을 꺼내든 박살 내버려.]

[알았어요.]

니콜은 조준경의 십자선 위에 카이탁이 꺼낸 물건을 올려놓았다.

카이탁이 꺼낸 것은 누런 빛깔의 스크롤이었다.

카이탁이 스크롤을 펴 들었다.

그 모습을 본 로미가 경고했다.

"순간이동 스크롤일수도 있어요."

망설일 이유가 없었다.

니콜은 방아쇠를 당겼다.

탕!

니콜이 쏜 총알이 스크롤에 명중했다.

퍼펑!

순간! 스크롤이 폭발했다.

그리고 동시에 풍성한 하얀 연기를 만들어냈다.

카이탁의 신형이 연기에 가리는 순간, 무혁은 일말의 망설임도 없이 연기를 향해 바스타드 소드를 들었다. 그리고 지면에 수평이 되게 휘둘렀다.

부우우웅!

퉁!

"……."

당연히 카이탁을 베었어야 할 바스타드 소드가 야구방망이로 애드벌룬을 때렸을 때나 느낄 법한 감촉과 함께 튕겨 나왔다.

'실드!'

울도에서 경험한 적이 있는 네크로맨서의 실드는 총탄도 막아냈다.

'하지만 세바스찬은 베었었다구.'

의문을 가질 틈도 없이 무언가 연기 속으로 뛰어들었다.

세바스찬이었다.

스팟!

아름다운 붉은 오러가 하얀 연기를 사선으로 갈랐다.

'…끔찍이도 아름답군.'

풍압에 밀린 연기가 폭풍처럼 맴돌며 회오리치다 흩어졌다.

무혁은 세바스찬과 자신 사이에 태평양보다도 넓은 실력의 간극이 존재한다는 사실을 다시 한 번 실감했다.

'오러도 같은 오러가 아니란 말이지.'

흩어지는 연기 사이로 카이탁이 모습을 드러냈다.

카이탁의 왼쪽 어깨로부터 오른쪽 허리 즈음으로 그어진 붉은 선이 보였다.

세바스찬의 바스타드 소드가 헛수고하지 않았다는 사실의 증명이었다.

스스스~!

카이탁의 상체가 사선으로 미끄러져 내렸다.

인간의 상체가 미끄러져 내리는 모습은 그 자체로 악몽이었다.

그러나 악몽은 끝이 아니라 시작에 불과했다.

미끄러지던 상체와 하체에서 실들이 솟아 나와 서로 얽히기 시작했다.

"……?!"

"……!!"

지렁이처럼도 보이고 뱀처럼도 보이는 실들은 살아 있는 생명체처럼 꿈틀거리며 서로 감기고 엉켜, 분리되던 몸을 다시 하나로 만들었다.

"저거 뭐냐?"

"키메라라고 봐야지."

"그럼 카이탁이 아니란 이야기네? 그나저나 어떻게 할까?"

"쿵! 검에는 장사가 없는 법이야."

세바스찬은 자신의 말을 증명했다.

서걱.

서걱.

붉은 오러가 번쩍일 때마다 키메라의 몸이 4등분, 8등분으로 조각났다.

멋있었지만 한편으로는 토할 것 같았다.

'점심에 먹었던 임팔라 고기가 넘어올 것 같아. 사실 인간이 닭고기처럼 토막 나는 장면을 목격한 인간이 얼마나 되

겠어.'

한참을 칼질하던 세바스찬이 욕설을 내뱉었다.

"징그러운 놈!"

근 단위로 분해됐음에도 키메라의 토막들은 서로를 찾아 얽히고설키며 한 몸이 되고자 꿈틀댔다.

스스스스.

스스스.

세바스찬은 혀를 차며 바스타드 소드를 거두어들였다.

"로미에게 축복을 부탁해야겠어."

마침 니콜과 로미가 마을로 들어서고 있는 모습이 보였다.

세바스찬의 말마따나 로미의 축복 한 방이면 키메라는 재생의 힘을 잃고 소멸될 것이다.

'그 정도로 괜찮을 걸까?'

무혁은 지금 다음 단계를 걱정하고 있었다.

지금까지 경험한 일련의 사건들은 어떤 목표를 가지고 벌어지고 있다고 해도 무방하다.

운이 좋아 지금까지와 같이 세 사람이 함께 있을 수 있다면 몰라도 그러지 못할 상황도 대비해야 한다.

또한 특수임무대가 생텀 코퍼레이션 보안대처럼 몰살당하는 경우도 없어야 한다.

'대구경 중량탄도 효과가 있지만 어쩌면……'

"다른 방법을 써보자."

"형이 직접 하려고? 아~ 젠장! 형은 신성력을 쓸 수 있다 이거지?"

"신성력은 아니야."

"그럼?"

"두고 봐."

무혁은 미리 챙겨두었던 M34 백린 수류탄을 꺼내 들었다.

"그게 뭔데?"

"보면 알 거야. 뒤로 물러나라."

무혁은 안전핀을 뽑은 다음 백린 수류탄을 아직도 꿈틀거리고 있는 키메라 덩어리들을 향해 던졌다.

펑!

공중에서 폭발한 백린 수류탄이 토해낸 하얗게 이글거리는 백린 가루가 키메라를 뒤덮었다.

치이이이익!

물에서도 꺼지지 않는 백린은 키메라의 재생 능력을 무시하고 피부 속으로 파고들며 타들어갔다.

"……."

불과 수십 초 만에 키메라는 한 무더기의 숯 덩어리로 변해 버렸다.

"세상에… 지옥의 불이라도 되는 건가?"

"비슷해. 물속에서도 꺼지지 않거든!"

"이것도 과학인가?"

"맞아."

로미는 한눈에 불타 버린 숯 덩어리가 네크로맨서가 아니란 사실을 알아차린 것 같았다.

"너무 쉬웠어요. 네크로맨서가 아니에요."

"맞아. 키메라야. 그런데 키메라치고는 전투력이 형편없었어. 아마도 두뇌를 사용하기 위한 키메라겠지."

"하긴, 키메라는 마법 처리를 하면 할수록 인성을 잃어버린다는 사실은 상식이죠."

키메라에 대해 할 말은 많았지만 무혁의 관심은 다른 곳에 있었다.

얼핏 보아도 200마리가 넘는 고블린이 일제히 몰려 나오고 있었다.

"환영의 몸짓은 아닌 것 같군."

"당연하지 않겠어?"

세바스찬이 뛰쳐나갔다.

무혁은 세바스찬의 등에 대고 소리쳤다.

"절대로 죽이지 마."

"알았어."

무혁은 로미와 니콜을 보호하며 뒤로 물러났다.

고블린을 상대하는 세바스찬의 모습은 양 떼에 뛰어든 호랑이처럼 보였다.

몇몇 고블린이 세바스찬을 피해 무혁 쪽으로 몇 발의 독침을 날리기는 했지만 미리 방수포로 대비하고 있었던 터라 별다른 위협이 되지는 않았다.

세바스찬이 고블린을 모두 치우자 로미는 마법진을 그린 후 중앙에 앉았다.

디바인 마크를 찾기 위해서였다.

그사이 무혁과 세바스찬은 마을을 탐색해 보기로 했다.

마을은 고블린들에게 도살당해 날로 먹혔을 가축들의 잔해 썩는 냄새로 지독했다.

"네크로맨서는 악마야. 같은 인간으로 어떻게 다른 인간을 이렇게 만들 수 있지?"

"어쩌면 그것이 인간의 본성일지도 모르지."

세바스찬이 시니컬하게 대꾸했다.

생각해보면 세바스찬의 말이 맞을 수도 있다.

나치의 만행이나 일본의 만행을 굳이 거론하지 않더라도 인간은 수없이 많은 악행을 저질러 왔다.

*   *   *

대부분의 집은 고블린들이 싸질러 놓은 똥 때문에 안으로 들어갈 수 없을 만큼 더럽혀져 있었다.

그러나 가장 규모가 커서 아마도 마을 회관쯤으로 사용되었음직한 건물만은 예외였다.

건물 안에는 무려 에어컨을 비롯해서 냉장고와 텔레비전 그리고 더러운 침대가 놓여 있었다.

"여기서 살았나 본데?"

"그렇다면!"

세바스찬이 냉장고로 달려가 문을 열었다.

"나이스! 시원해."

냉장고 안에는 콜라캔과 과일들이 채워져 있었다.

세바스찬은 콜라캔을 따 목에 들이부었다.

"캬~ 시원해. 형도 하나 마실래?"

"그래."

대답은 했지만 무혁은 콜라보다는 키메라의 물건으로 여겨지는 가방과 책들에 더 관심이 있었다.

책들은 대부분 생명공학에 관련된 서적이어서 무혁은 읽으면서도 이해할 수 없는 종류의 것들이었다.

가방 안에는 때에 찌든 옷 몇 벌과 작은 비닐 가방이 들어 있었다.

기대를 가지고 비닐 가방을 열어보니 여권과 몇 장의 명함이 나왔다.

여권의 이름은 투날 바쉬르.

이집트 정부에서 발행된 물건이었다.

무혁은 회심의 미소를 지었다.

드디어 네크로맨서의 꼬리를 잡았다.

지금까지는 일방적으로 공격을 받았다면 이제는 빚을 갚아줄 차례다.

세바스찬이 건네준 콜라가 넥타르만큼 시원하고 맛있었다.

뜻밖의 성과를 가지고 마을 중앙 광장으로 돌아오니 로미는 여전히 하얀빛에 휩싸여 기도를 올리고 있었다.

"저 모습은 아무리 봐도 적응이 안 돼."

"신성력까지 쓰면서 할 말이 아닌 것 같은데?"

"난 유리아 여신… 님을 한 번도 본 적이 없다구."

"공기가 없다고 해서 존재하지 않는 건 아니잖아."

"이해하지 못하는 일을 보고 덜컥 믿기에 나는 너무나 과학적인 사고에 사로잡힌 현대인이거든."

"힘들게 산다. 믿으면 그만인걸!"

"그러게 말이다."

기도가 끝나자 로미가 광장 한켠을 가리켰다.

그곳을 파보니 작은 공단 주머니가 나왔다.

"저번에는 십자가였지? 이번에는 뭐가 나올려나……."

놀랍게도 공단 주머니 안에서 나온 것은 한 뭉치의 머리카락이었다.

머리카락은 검은색으로 심한 곱슬이었으며 펴서 길이를 재보니 대략 20㎝ 정도였다.

"보물도 아니고 머리카락이 성물일 수가 있을까?"

"성녀의 머리카락 정도라면 그럴 수도 있지 않을까? 어때 로미?"

로미가 고개를 끄덕였다.

"성녀님의 머리카락이라면 이미 최고의 성물이죠."

무혁은 머리카락이 성물이 될 수 있는 인물을 떠올려 보았다.

먼저 기독교 쪽으로는 성서의 인물들을 제외해도 교황을 필두로 수없이 많은 성인이 존재한다.

이슬람교 쪽도 상황은 마찬가지라서 무함마드를 필두로 아내 하디자와 사촌 알리, 친구이자 초대 칼리프였던 아부 바르크를 시작으로 역시 수없이 많은 성인이 있다.

아브라함계 종교만으로도 이 지경이니 불교나 힌두교 등 다른 종교까지 합하면 얼마나 많은 인물의 머리카락이 성물이 될 수 있을지 짐작조차 되지 않는다.

"머리카락은 썩지도 않으니… 젠장."

그래도 확인은 해두어야 했다.

로미가 고블린들을 피그미족으로 돌릴 마법진을 그리는 사이 무혁은 위성전화로 올리비아를 호출했다.

한참 동안 그동안의 사정에 대한 이야기를 듣고 난 올리비아의 첫 번째 질문은 키메라에 관한 것이었다.

─키메라를 태워 버렸다니… 아쉽군요.

올리비아의 목소리 속에는 감추기 힘든 불신감이 깃들어 있었다.

"진짜입니다."

─누가 뭐랬어요?

"큼."

따지고 보면 올리비아의 불신은 무혁 자신으로부터 시작되었다.

무혁은 얼른 주제를 바꾸었다.

"머리카락이 어디서 왔는지 알아볼 수 있을까요?"

─성 롤란드의 십자가의 경우처럼 도난당한 물건일 수도 있어요.

울도 사건 이후 성 롤란드의 십자가에 대한 대대적인 조사가 실시되었다.

조사 결과 성 롤란드의 십자가의 주인은 라트비아의 수도 리가의 에켄스 수도원으로 밝혀졌다.

나치가 라트비아를 침략하자 당시 에켄스 수도원의 원장은 시굴다 지역의 한 동굴에 성물을 숨겼다.

2차세계대전이 끝난 후 라트비아는 독립하지 못하고 소련의 지배하에 들어갔고 종교를 아편이라 칭하는 공산당에 의해 에켄스 수도원은 폐쇄되었다.

그렇게 성물의 존재는 잊혀졌다.

잊혀졌던 성물의 존재가 알려진 것은 1991년 9월 6일 라트비아가 독립하고 나서였다.

그동안의 아픔을 딛고 새로 문을 연 에켄스 수도원의 신임 원장은 문서고에서 전 수도원장이 남긴 한 장의 메모를 발견했다.

메모는 나치에 의해 약탈당했다고 믿어왔던 성물의 위치를 알려주고 있었다.

감사의 기도를 올린 수도원장은 메모가 가리키고 있던 성물의 위치, 시굴다 마을의 굿마나라 동굴로 향했다.

실망스럽게도 그가 굿마나라 동굴에서 발견한 것은 텅 빈 상자뿐이었다.

성 롤란드 십자가의 조사와 동시에 이뤄진 사라진 성물에 대한 조사 결과도 실망스러웠다.

두 번의 세계대전을 거치면서 유럽 전역에서는 수만 개의 성물이 사라졌다.

그러나 그렇게 사라진 성물이 일반적인 도난품인지 성 롤란드 십자가와 같은 목적을 가지고 도난당했는지 구별할 방법이 없었다.

방법이 없다고 손을 놓고 있을 수는 없다.

무혁은 힘주어 말했다.

"그래도 머리카락이나 십자가나 이콘에 비해 절대적인 숫자가 적을 겁니다."

―알았어요. 조사해 보도록 하죠. 다음 계획은 어떻게 되죠?

"먼저 피그미족들을 원 상태로 돌린 후 바레가족의 은신처로 이동할 계획입니다."

―알았어요. 저희 쪽에서 도와드릴 사항은 없나요?

"한국군 전투식량이 필요합니다. 고추장과 김치도요."

―안 들은 걸로 하죠.

올리비아와 대화를 나누는 사이 로미가 마법진을 완성했다.

무혁은 로미에게 물었다.

"머리카락을 전부 사용해야 하나?"

"원칙은 그래요."

네크로맨서의 신인 투르칸이 성물을 통해 발현하는 신성력과 그 신성력이 미치는 대상은 일치해야 한다.

"그렇다면 고블린 몇 마리가 죽었으니 머리카락 몇 올 정도는 빼도 된다는 말이네?"

"그렇죠."

무혁은 머리카락 몇 올을 보관한 후 나머지 머리카락을 마법진 중앙에 놓았다.

준비가 끝나자 로미가 기도를 시작했고 무혁과 세바스찬은 고블린들을 마법진 주위로 모았다.

몇몇 고블린이 의식을 차리고 공격을 시도했지만 무지막지한 세바스찬의 주먹세례에 다시 침묵하고 말았다.

두 시간 가까이 이어진 기도가 끝나자 로미는 황금홀로 머리카락 뭉치를 살짝 건드렸다.

팟!

머리카락이 녹아내리며 황금빛이 마법진을 타고 퍼져 나가 고블린들의 몸에 스며들었다.

<u>스스스스스!</u>

고블린들의 몸이 찬란하게 빛나더니 거죽이 녹아내리며 동시에 증발했다.

스팟!

이윽고 빛과 함께 고블린은 사라졌고 그 자리에 초등학생 정도의 키를 가진 흑인들이 모습을 드러냈다.

피그미족이었다.

정신을 차린 피그미족들이 비명을 질렀다.

"^&*(&()*&"

"%^&&*^&*(^"

"$^&%(*&)*(&)(*_)*_"

피그미들의 언어를 이해할 능력이 없는 무혁은 통역 아티팩트를 가진 세바스찬을 바라보았다.

"대충 아프다가 대부분이고……. 가족을 찾고 우리가 누구냐는 말들이야."

"일단 치료해 주겠다고 말해."

"알았어."

세바스찬의 말투가 변했다.

아무리 봐도 신기한 아티팩트다.

"^%$^&%&*^(*"

"&*^*()&^*(&"

"&*^*(&^*()&)"

"$%^%$^%^%"

"$^&%*&^^*&^(*^(*&^(*"

설명과 설득에 이은 불신, 그리고 바스타드 소드를 동원한

협박의 과정이 끝나자 피그미족들이 눈을 감고 자리에 누웠다.

로미가 그런 피그미족의 부상 부위에 손을 대고 기도를 올리기 시작했다.

                    *   *   *

무혁은 부상에서 회복된 피그미족들에게 그간의 사정을 듣기 위해 족장을 찾았다.

피그미족들은 서로를 살피더니 슬픈 표정으로 말했다.

"족장님이 보이지 않는군요. 제 삼촌도 없습니다."

"제 어머니도 보이지 않아요."

"제 남편도……."

"우리 아빠도……."

직접적으로 알아듣지는 못했지만 의미는 파악할 수 있었다.

슬프고 미안했다.

어쩌면 저들의 가족을 죽인 사람이 무혁과 일행일 수도 있었다.

그렇다고 함께 슬퍼할 시간은 없다.

보상하는 길은 네크로맨서를 찾아 처리하는 것뿐이다.

"족장님은 안 계시지만……."

피그미족들은 잠시 수군대더니 한 노인을 내세웠다.

마을의 최고 연장자라는 설명이다.

노인은 불안한 표정을 감추지 못했지만 그래도 차근차근 이야기를 이어나갔다.

"검은 로브를 입은 남자가 수십 명의 군인과 함께 나타났어. 군인들은 부족 전원을 마을 중앙으로 모이게 했어. 그들의 말을 듣지 않을 도리가 없었지. 군인들의 눈빛에서 언제라도 총을 쏘겠다는 결심을 엿봤거든. 군인들은 부족 남자들을 시켜 작은 제단을 만들게 했지."

"군인들은 백인이었습니까?"

"아냐. 흑인들이었어. 억양으로 봐서는 수년 전에 국경 근처 시장에서 만난 적이 있던 투치족 같았어. 하지만 확신할 수는 없네그려."

카이탁이 투치족을 훈련시키던 용병들을 부하로 삼았었다는 기억이 떠올랐다.

"완성된 제단에 올라간 검은 로브의 남자는 우리가 한 번도 들어본 적이 없는 언어로 주문을 외웠어. 칼로 유리를 긁는 것처럼 듣기 싫었다는 기억이 나는군. 그런데 남자가 주문을 외우기 시작하자마자 군인들이 사자에게 쫓기는 것처럼 마을 밖으로 물러나더라고."

남자가 주문을 마치자 마을은 검은 연기에 휩싸였다.

"검은 연기는 살아 있는 생명체처럼 꿈틀거리며 콧속으로 밀려 들어왔어. 숨을 참으려고도 해봤지만 헛된 몸부림이었지. 그리고 의식을 잃은 것 같아."

아쉽지만 피그미족 노인의 이야기 속에서 특별한 정보를 찾을 수는 없었다.

자신의 이야기를 마친 노인이 무혁에게 질문을 던졌다.

"그런데 자네들은 누군가?"

"……."

당연한 질문이지만 그 당연한 질문이 무혁은 당황하게 만들었다.

그들의 가족을 죽인 사람이라고 말할 수는 없었다.

그렇다고 네크로맨서를 잡으려고 온 기사와 성녀 후보생과 가이드와 보디가드라고도 말할 수도 없다.

결국 무혁은 이렇게 말했다.

"친구입니다."

"……."

노인이 잠시 무혁의 눈을 응시하더니 무혁의 손을 덥석 잡았다.

"우린 동물원에도 갇혀보기도 했고, 다른 부족 전사들의 보양식 신세가 된 적도 있었지. 그래서 피그미족에게 친구는 정말 귀한 존재라네. 고맙다는 말을 꼭 하고 싶네그려."

"......"

노인은 부족민들에게 식사를 준비하게 했다.

그러나 마을에 남아 있는 식량이라고는 다 썩어버린 얌 조금과 옥수수 가루 약간이 전부였다.

노인의 어색한 미소를 뒤로하고 무혁은 올리비아를 호출했다.

"피그미족의 일은 마무리됐습니다."

―수고하셨어요. 그럼 이제 바레가족의 은신처로 이동할 생각인가요?

"그래야겠죠. 그런데… 그전에 한 가지 부탁이 있습니다."

―말씀하세요.

"이곳 사정이 딱합니다. 식량을 공급해 주십시오."

―그 지역이 반군 점령 지역이란 사실은 알고 있겠죠? 아무리 미국이라고 해도 타국 영공에 진입하는 건 보통 일이 아니에요.

"우리와 같은 방법을 사용하면 될 것 아닙니까?"

―그래도…….

올리비아는 난색을 표했다.

"고블린으로 오해했다고는 하지만 우린 수명의 주민을 죽였습니다."

―이미 바레가족의 상당수도 죽였죠. 바레가족과 피그미족이 다르다고 할 건가요?

"올리비아 씨가 그렇게 차가운 여자인 줄 몰랐습니다."

―차갑다기보다는 누구와 달리 냉정하다고 해주세요. 어쨌든 방법을 찾아보겠어요. 하지만 명심하세요. 앞으로 이런 일은 계속될 테고 그때마다 죄책감을 느껴서는 당신 스스로 견딜 수 없을 거예요.

"……."

올리비아의 말이 맞다는 사실은 무혁도 인정한다.

그러나 인간의 죽음을 무시하기에는 아직 무혁의 가슴은 뜨거웠다.

*　　*　　*

아프리카의 석양은 아름답다.

그러나 오늘의 석양은 피그미족의 눈물처럼 을씨년스러웠다.

무혁은 피그미족의 마을에서 하룻밤을 보내기로 결정했다.

노인은 기꺼이 투말이 사용하던 마을 회관을 거처로 제공해주었다.

무혁은 답례로 어차피 먹지도 않을 MRE 전부를 피그미족에게 주었다.

그래도 식량은 턱없이 부족했다.

상황을 지켜보던 세바스찬이 노인에게 물었다.

"영양이 많은 지역이 어디입니까?"

"서쪽으로 1시간 정도 가면 서식지가 있네만은… 밤에 사냥은 위험해."

"위험해지는 건 제가 아니라 영양들이죠."

세바스찬의 말은 사실이었다.

그는 사냥을 떠난 지 1시간 만에 영양 4마리를 잡아 돌아왔다.

음식이 생기자 무덤 같이 처져 있던 마을에 생기가 돌기 시작했다.

피그미족은 분주히 움직이며 영양을 굽고 찌고 삶아 저녁을 준비했다.

그런 장면을 슬픈 눈으로 바라보고 있던 로미가 무혁에게 말했다.

"인간은 이런 상황에서도 먹어야 하는군요."

"먹지 않으면 슬픔을 딛고 일어날 힘을 얻을 수 없거든."

"전 네크로맨서가 정말 싫어요."

"누군들 좋아하겠어."

인간을 오크로, 고블린으로 만들고 장난감처럼 사용하는 네크로맨서를 누가 좋아할 수 있을까.

그런데 한 가지 의문이 생겼다.

"네크로맨서들은 이런 짓을 벌이는 이유가 뭘까? 그들의 속성대로 살육을 원한다면 도시가 더 좋은 조건이잖아. 사람도 많고 숨을 곳도 많고…… 따지고 보면 피그미족이나 바레 가족을 고블린과 오크로 만드는 일은 살육이 아니잖아."

"모르겠어요. 정말로 모르겠어요."

"……"

네크로맨서는 생팀 코퍼레이션과 모종의 관련이 있다. 아니, 있었다.

"그들은 무언가 목적이 있어. 그 목적이 무엇인지는 모르지만 확실한 사실은 인간에게 치명적이란 점이야."

"동의해요. 그들을 막아야 해요."

"막아야지."

하지만 어떻게?

답은 의외로 가까운 장소에 있었다.

무혁은 세바스찬과 함께 텔레비전을 보면서 콜라를 마시고 있는 니콜을 바라보았다.

*   *   *

아프리카의 새벽 공기는 공해에 찌든 서울의 공기와는 비교할 수 없을 만큼 맑고 신선했다.

무혁은 피그미족들과 함께 그런 새벽하늘을 올려다보고 있었다.

광활한 지평선 저편에서 검은 점 몇 개가 떠올랐다.

부우우우웅!

검은 점들은 10대의 C-17 글로브마스터 수송기였다.

글로브마스터 수송기들은 피그미 마을을 스쳐 지나가면서 짐들을 떨어뜨렸다.

곧바로 낙하산을 펼친 상자들은 마을 주변에 떨어졌다.

"와~!"

"우와~!"

피그미족들이 환호성을 지르며 상자로 달려갔다.

니콜이 말했다.

"올리비아 씨가 신경 좀 썼네요. 하룻밤 사이에 식량과 공수 수단을 수배하기가 쉽지 않았을 텐데요."

"그래 봤자 맛도 없는 MRE일 뿐이야."

말은 그렇게 했지만 무혁도 올리비아가 꽤나 고생했다는 사실을 안다.

올리비아는 이라크에 주둔중인 미군의 비상식량을 모조리

쓸어왔다고 했다.

　말이 쓸어왔다지 현재 작전 중인 미군의 식량을 확보하고 10대의 수송기까지 수배하는 일이 쉬울 리 없다.

　가로 세로 높이가 각각 1m가 넘는 상자 50개를 모으니 그것 또한 장관이었다.

　상자를 뜯어보니 대부분은 MRE였지만 뜻하지 않게 다량의 T─레이션도 포함되어 있었다.

　T─레이션은 대대 단위로 급식이 가능한 반조리 전투식량이다. 모든 음식이 캔으로 포장이 되어 있어 뜨거운 물에 데우기만 하면 취식이 가능하다.

　무혁은 뜨거운 물을 끓이게 하고 끼니별로 포장되어 있는 박스 하나를 열어 뜨겁게 데우도록 했다.

　선택한 박스의 메뉴는 고기가 듬뿍 든 비프스튜와 소시지, 포테이토 고기 스프, 블루베리 시나몬 와플, 초콜릿 케이크, 프루츠 통조림이었다.

　"확실히 부자 군대야. 식판까지 일회용이구만."

　무혁의 시큰둥한 반응과 달리 세바스찬의 반응은 열광적이었다.

　"MRE를 봤을 때는 이걸 먹고 어떻게 전쟁을 할까 했는데…… 그 생각을 바꿔야겠어. 미국이란 나라는 정말 대단해. 이런 식사를 일반 보병에게 매끼 제공할 수 있다니 말이야."

"지구 역사상 가장 강대한 군사력을 보유하고 있는 나라가 미국이야. 세계 전부와 전쟁을 해도 이길 수 있다고 할 만큼."

"그런데 그런 힘을 가지고 왜 세계를 정복하지 않는 거지?"

"아프리카의 굶주린 사람을 먹일 곡물로 키운 소고기를 더 좋아하거든. 생텀의 귀족들처럼 말야."

"슬픈 이야기야."

"그래, 슬픈 이야기지."

호화로운 아침 식사를 마친 일행은 피그미족의 환송을 받으며 마을을 떠났다.

제24장

스칸다

Sanctum

피그미족의 마을이 자리 잡은 돌산지대에서 바레가족의
은신처까지는 고산 산림지대를 꼬박 4시간에 걸쳐 이동해야
했다.

밀림을 이동한 지 3시간이 지나자 선두에서 앞장서 나가던
세바스찬이 걸음을 멈췄다.

"아무래도 기분이 좋지 않아."

"왜? 조용하기만 한데."

"바로 그 점이 문제야. 밀림이란 장소는 이렇게 조용해서
는 안 된다고."

"……."

"아무래도 내가 먼저 가봐야겠어. 기다려."

말릴 틈도 없이 세바스찬이 밀림 속으로 사라졌다.

무혁은 로미와 니콜에게 휴식을 취하도록 하고 사주를 경계했다.

잠시 후 반지를 통해 세바스찬의 목소리가 들려왔다.

[오거야.]

[오거? 몇 마리?]

[한 마리……. 그런데… 젠장! 직접 와서 보는 편이 좋겠어.]

[알았다.]

수풀을 헤치고 달려가 보니 공터가 모습을 드러냈다.

공터는 폭격이라도 맞은 것처럼 아수라장이었다.

공터 중앙에 죽은 오거가 보였다.

더 놀라운 사실은 오거 주변에 으스러지고 부러져 뿌려져 있는 인간의 존재였다.

그렇게 죽어 있는 인간은 모두 네 명이었다.

세바스찬이 롱소드 한 자루를 건네주며 말했다.

"이들이 이 검을 가지고 오거와 싸웠어."

"오러를 사용할 수 없는 인간이 오거와 싸울 수 있나?"

"없지. 그렇지만 사실이 그런 걸."

세바스찬의 말은 사실이었다.

오거의 두터운 가죽에 그려진 수없이 많은 실금이 그 증거였다.

다만 실금이 말해주는 것처럼 오거의 상처는 깊지 않았다.

"이들의 오러는 초보 단계야. 하지만 이들은 물량으로 그 한계를 극복해 냈지. 모두 20명. 그중 이 4명이 죽었고 나머지 인원은 저쪽으로 갔어."

세바스찬의 손은 바레가족의 은신처가 있는 방향을 가리키고 있었다.

"결국 24명이 떼거지로 달려들어 오거를 과다 출혈로 죽였단 말이네."

"맞아. 이 정도 출혈이면 트윈 오거라 해도 견딜 수 없어."

트윈 오거는 머리가 두 개 달린 오거로 오거의 제왕이라 불린다.

무혁은 죽어 있는 인간에게 다가갔다.

인간들은 하나같이 무광의 검은 방탄복을 걸치고 역시 검은 군복을 입고 있었다. 검은 방탄복의 재질은 세라믹 판을 케블러 섬유로 감싼 보편적인 물건이었다.

최소한 생텀에서 온 인간은 아니라는 의미였다.

"응?"

무혁은 살피던 시체에서 한 가지 흥미로운 사실을 발견했다.

시체는 살색의 전신 타이즈를 입고 있었다.

이곳이 무더운 정글임을 고려하면 타이즈는 권장할 만한 복장이 아니다.

흥미가 생긴 무혁은 다른 시체들의 옷을 벗기기 시작했다.

조사 결과 4명 모두 살색 전신 타이즈를 입고 있었다.

무혁은 전신 타이즈를 나이프로 잘라보았다.

잘리지 않았다.

라이터로 불도 붙여보았지만 역시 타지 않았다.

전신 타이즈는 매우 부드러웠고 신축성도 뛰어났다.

동시에 내열성, 난연성과 함께 케블러를 뛰어넘는 강성을 함께 가지고 있었다.

가장 놀라운 점은 이 타이즈가 실로 직조된 것이 아니라 마치 비닐이나 고무처럼 통으로 만들어졌다는 점이었다.

결국 무혁은 타이즈가 어떤 재질로 만들어졌는지 알 수 없다는 사실을 인정해야 했다.

니콜은 이를 악물었다.

무혁의 손길이 타이즈를 만질 때마다 자신이 가진 비밀의 거죽이 한 꺼풀씩 벗겨지는 느낌이었다.

전신 타이즈는 니콜도 입고 있는 스킨스다.

스킨스를 입는 인간은 조직의 전투 부대인 스칸다(Skanda)

뿐이다.

그 사실을 깨닫는 순간 등골이 오싹해졌다.

조직은 니콜이 이곳에 와 있다는 사실을 알고 있다.

그럼에도 불구하고 스칸다의 투입에 대해 일언반구도 없었다.

'날 의심하는 건가?'

확인이 필요했다.

하지만 지금으로써는 달리 방법이 없었다.

*　　　*　　　*

무혁은 전신 타이즈를 수습하고 올리비아에게 상황을 알렸다.

올리비아는 상황을 매우 심각하게 받아들였다.

―제3세력이 있다는 의미군요.

"짐작 가는 바가 없습니까?"

―없어요.

"솔직히 말하자면 당신의 말을 믿기 어렵군요."

―믿지 않아도 어쩔 수 없어요. 사실이니까요.

"그렇다면 그런 것이겠죠. 그나저나 어떻게 할까요?"

―현장 보존이 가능하겠죠?

"로미가 있으니까요."

─그렇다면 부탁해요. 최대한 빨리 팀을 보낼게요. 그리고 아무래도 위험하니 바레가족의 은신처 문제는 뒤로 미루는 편이 좋겠어요.

"세바스찬의 의견에 따르면 제3세력의 오러 능력은 갓난아이 도리도리 수준입니다. 동시에 달려들어도 문제없답니다."

─현장의 의견을 존중해야겠죠. 알았어요. 하지만 조심하세요.

"알겠습니다."

무혁은 로미를 통해 보존 조치를 취한 다음 땅을 파고 오거와 인간의 사체를 묻었다.

현장 정리가 끝나자 무혁은 세바스찬을 불렀다.

"오러 초보들을 추격할 수 있겠어?"

"당연하지. 그런데 형이 오러 초보 운운하니까 조금 웃기다."

"큼, 그래도 난 너와 달리 샘솟는 마나를 가지고 있다구."

"정말 마나가 가득 찬 거야?"

"그래. 보통 4시간이면 가득 차는 것 같아."

"젠장, 유리아 여신은 형만 편애한다니까."

"이제 알았어? 쓸데없는 소리 그만하고, 그 초보 녀석들이

뭘 하는지 알아볼 수 있겠어?"

"당연하지. 기다려. 후딱 다녀올게."

1시간 뒤 돌아온 세바스찬의 표정은 상기되어 있었다.

세바스찬은 과장되게 손을 흔들며 말했다.

"내가 본 광경을 형은 절대로 믿지 않을 거야."

"믿을 테니 말해봐."

"초보들의 흔적은 바레가족의 은신처를 향해 일직선으로 이어져 있었어. 난 그들을 추적했지. 누워서 넥타르 마시는 일보다 쉬운 일이었어. 형도 알다시피 난 3일 전에 지나간 절름발이 오크의 흔적도 찾아낼 수 있는 가공할 만한 추적 능력을 가지고 있잖아."

평범한 이야기를 정말 듣기 싫게 말하는 재주가 있는 사람이 있다.

바로 세바스찬이 그렇다.

무혁은 살짝 주먹을 쥐며 말했다.

"사설 빼고 본론으로 들어가자."

"하여튼 질투는 많아가지구. 어쨌든 난 초보들을 따라잡았어. 이미 초보들은 바레가족의 은신처에 진압한 상태더라구. 그런데 말야… 아냐, 직접 눈으로 보는 편이 빠르겠어."

세바스찬의 말은 옳았다.

1시간을 이동해 바레가족의 은신처가 한눈에 내려다보이

는 산 중턱에 도착한 무혁은 믿기 어려운 장면을 목격하고 말았다.

울창한 정글 속 거대한 바위틈에 자리 잡고 있는 바레가족의 은신처 앞은 난장판이었다.

* * *

평범한 인간이라면 평생 한 번도 겪지 못했을 희귀한 경험을 많이도 했다.

그래서 웬만한 일로는 더 이상 놀라지 않을 것이라고 생각하고 있었다.

그러나 그 생각은 자만이었다.

단언컨대 눈앞에 펼쳐진 장면은 생각의 범주를 아득히 뛰어넘는 것이었다.

은신처 입구인 바위틈 앞 공터를 중심으로 어림잡아 100마리에 육박하는 오거 떼가 우글거리고 있었다.

전장 10m에 이르는 거대한 오거들이 우글거리는 밀림의 풍경은 그 모습 자체로 사람을 질리게 만들기 충분했다.

그 와중에도 세바스찬은 공치사를 늘어놓았다.

"놀랄 거라고 했잖아!"

"더럽게 많네. 그런데 저것들이 뭐하는 거야?"

오거들은 무척 흥분해 있는 것처럼 보였다.

흥분의 원인은 바레가족의 은신처 입구 공터에 모여 있는 인간들이었다.

인간들은 오거의 시체 근처에서 목도했던 시체와 동일한 복장을 입고 있었다.

"초보자들이잖아!"

초보자들은 로마 병정처럼 방패를 벽 삼아 방진을 만든 상태였다. 그리고 그 방진을 향해 오거들이 열심히 바위를 던지고 있었다.

꾸에에에엑!

꾸에에엑!

텅!

텅!

인간들은 방패로 바위를 밀어내며 저항하고 있었다. 바위가 방패에 부딪칠 때마다 옅은 청색의 빛이 울렁이다 사라졌다.

오러가 분명했다.

무혁은 푸른빛이 감도는 검은 방패에서 한 가지 문자를 식별할 수 있었다.

방패에는 하얀 색으로 'Skanda'라고 인쇄되어 있었다.

'Skanda? 낯이 익은 이름인데……. 어디서 들어봤더

라⋯⋯. 아~!'

인도 문화사 수업에서 스칸다를 들었던 기억이 났다.

힌두교의 군신이자 신들의 장군이라 불리는 신의 이름이
바로 스칸다다.

스칸다는 파괴와 변형 나아가 재생의 신인 시바(Shiva)와
시바의 아내이자 자애의 여신인 파르바티(Parvati)의 아들이
라고 전해진다.

군신의 이름이니 전투 집단에 더없이 잘 어울리는 이름이다.

'최소한 이들의 이름은 알았네.'

스칸다에 아무런 관심이 없는 세바스찬은 한 문장으로 현
상황을 정리했다.

"3류 용병들이 대규모 몬스터 집단과 조우했을 때 보통 저
런 방진을 사용하지. 지구에서 저런 방진을 볼 줄은 몰랐어."

"나도 몰랐다. 지구에서도 저런 진형은 2,000년 전에 사라
졌어."

어쨌거나 스칸다들은 잘 훈련된 집단이 분명했다.

무혁은 로미를 불렀다.

"디바인 마크가 있는 장소를 알 수 있겠어?"

"가능할 것 같아요."

"부탁해."

"네."

로미는 마법진을 그린 후 그 중심에 앉아 기도에 들어갔다.

그 와중에도 공터의 상황은 점점 인간들에게 불리하게 돌아가고 있었다.

오거들이 던지는 바위는 점점 커졌고 스칸다들은 힘에 부쳤는지 바위를 튕겨낸다기보다는 반쯤은 깔리는 느낌으로 겨우겨우 방어하고 있는 중이었다.

"얼마 못 버티겠는데? 그냥 두고 볼 거야?"

"아니. 계획이 있어."

계획의 우선순위는 당연히 오거들을 원래의 생명체로 되돌리는 데 있다.

이 목적을 달성하기 위해서는 디바인 마크가 필수고 디바인 마크를 얻기 위해서는 오거들을 다른 장소로 이동시켜야 한다.

또한 그러면서 동시에 저 정체불명의 스칸다들을 사로잡아 그들의 정체를 밝혀야 한다.

이 두 가지 목적을 동시에 달성시킬 수 있는 방법은 단 한 가지다.

＊　　＊　　＊

기도를 마친 로미가 결과를 말해주었다.

"은신처 앞 공터에 있어요."

은신처 앞 공터는 현재 스칸다들과 오거 간에 전투가 벌어지고 있는 장소다.

무혁은 세바스찬을 불렀다.

"저들의 퇴로를 열어줘야겠어."

"왜?"

"도망가면 오거가 쫓아가겠지."

"그사이에 빈집을 털자?"

"그래. 그리고 함부로 오거를 죽이지 마. 오거도 고블린 때처럼 인간일지 모르니까."

"하지만 오거는 오크나 고블린이 아니야. 자칫 잘못하면 한 방에 골로 간다구."

"함부로라고 했잖아. 노력해 봐."

"알았어."

무혁은 니콜과 로미에게 작전을 설명한 후 AWSM을 들고 세바스찬과 함께 공터를 중심으로 현재 위치의 반대 방향으로 이동했다.

제25장

오거 몰러 나간다

Sanctum

무혁이 자리를 잡자 세바스찬이 앞으로 나섰다.

세바스찬은 인간들의 퇴로를 막고 서 있는 오거에게 달려들었다.

"야, 이 돼지들아!"

"……."

오거가 몸을 돌렸다.

그리고 들고 있던 바위를 세바스찬을 향해 힘차게 던졌다.

슈우우웅!

바위도 엄청났지만 세바스찬도 엄청나긴 마찬가지다.

"웃차!"

세바스찬의 몸이 둥실 떠오르더니 날아오는 바위를 디딤판 삼아 하늘로 날아올랐다.

쿠쿠쿵!

목표를 잃은 바위가 밀림에 처박혔다.

무혁은 AWSM을 치켜들었다.

목표는 오거의 무릎이었다.

풋슝!

로미에게 축복받은 총탄이 오거의 무릎관절을 산산조각 냈다.

꾸에에에엑!

쿵!

오거가 무너져 내렸다.

그 시간 세바스찬은 또 다른 오거를 도발하고 있었다.

세바스찬은 하늘에서 떨어져 내리는 포물선 그대로 쓰러진 오거 옆에서 바위를 들고 있던 다른 오거의 뒤통수를 검면으로 후려갈겼다.

비록 검면이긴 하지만 오러와 로미의 축복이 서려 있는 한 방이니 바위로 부술 수 있는 위력을 담고 있다.

꽝!

꾸엑!

경쾌한 타격음과 함께 오거가 손을 휘저었다.

무혁은 혀를 찼다.

"사람 성질 돋우는 데는 일가견이 있는 놈이라니까."

미친 듯 화가 난 오거가 세바스찬을 향해 바위를 던지고 손을 휘저었다.

바위는 의미 없이 허공을 가르고 날아갔다.

오거의 손도 부질없는 몸놀림에 지나지 않았다.

이미 세바스찬은 다른 오거 쪽으로 날아가고 있었다.

이번 오거는 첫 번째 오거나 두 번째 오거와 같은 실수를 되풀이하지 않았다.

꾸엑!

오거가 바위 대신 작은 돌멩이를 들어 세바스찬을 향해 힘껏 던졌다.

메이저리그 스카우트 담당자가 봤다면 수천만 달러를 싸들고 쫓아왔을 만큼 멋진 돌팔매다.

작은 돌멩이라고는 해도 어디까지나 그것은 오거의 입장이다.

인간의 입장에서 보면 농구공만 한 돌덩어리가 날아오는 셈이다.

슈우우웅!

돌멩이가 레이저처럼 일직선으로 세바스찬을 노렸다.

그러나 세바스찬도 오거 못지않게 메이저리그 스카우트 담당자가 봤다면 침을 흘렸을 만큼 멋진 타자였다.

스팡!

세바스찬의 바스타드 소드가 멋진 붉은 반원을 그리며 돌덩어리를 마중했다.

서걱!

돌덩어리가 잘 드는 나이프로 자른 사과처럼 양쪽으로 쪼개졌다.

돌덩어리의 절단면은 명공이 수십 년 동안 공을 들여 연마한 대리석처럼 매끄러웠다.

쿠쿵!

쿵!

한칼에 돌덩어리를 둘로 갈라 버린 세바스찬은 떨어지던 탄력 그대로 오거를 향해 멋진 스윙을 선보였다.

팡!

꾸에에에엑!

이번에도 뒤통수였다.

같은 상황이 반복되었다.

세바스찬은 번개같이 움직이며 스칸다들과 무혁 사이에 포진되어 있던 오거들을 자신에게 집중시켰다.

＊　＊　＊

세바스찬이 오거 속 뒤집기 스킬을 선보이며 길을 열자 고립되었던 스칸다들 사이에서 동요가 감지되었다.

그러나 그럼에도 불구하고 스칸다들은 움직이지 않았다.

"빨리 도망 안 가고 뭐하는 거야?"

세바스찬이 날뛰자 원거리에서 바위만 던지고 있던 오거들이 천천히 스칸다들에게 접근하기 시작했다.

스칸다들의 오러 실력으로는 오거 떼의 근접 공격을 버텨낼 수 없다.

시간이 없었다.

"젠장!"

무혁은 ASWM으로 가장 선두에서 스칸다들에게 접근하는 오거 두 마리의 무릎을 부숴놓았다.

풋슝!

풋슝!

꾸에에엑!

꾸엑!

두 마리의 오거가 쓰러지자 다른 오거들이 주춤했다.

무혁은 그틈을 타 내달려 하늘로 뛰어올랐다.

착지 지점은 스칸다들이 만든 방진의 중앙이었다.

꽝!

방패 위로 떨어지자 은근한 반탄력이 발을 통해 느껴졌다.

예상대로 이들은 오러를 방패에 씌워 오거가 던지는 바위를 팅겨내고 있었다.

무혁을 감지한 방패가 요동쳤다.

무혁은 소리쳤다.

"빨리 후퇴해!"

"너는 누구냐?"

기다렸다는 듯 질문이 돌아왔다.

무혁은 질문을 던진 사람을 관찰했다.

전면을 가리는 헬멧 덕분에 얼굴은 보이지 않았지만 목소리로 느껴지는 나이는 최소한 무혁 위의 중년쯤으로 보였다.

중년은 지극히 평범한 특수부대 대원의 복장을 입고 있었다.

그러나 무혁은 그의 모습에서 한 가지 특이한 점을 발견했다.

중년의 목과 팔에 걸려 있는 은빛 목걸이와 팔찌가 바로 그것이었다.

은빛 목걸이와 팔찌는 무혁이 가지고 있는 아티팩트의 재질과 매우 비슷해 보였다.

그러고 보니 다른 스칸다들 역시 같은 모양의 목걸이와 팔찌를 차고 있었다.

'걸려 있다기보다는 채워져 있다고 표현하는 편이 맞겠어.'

그러나 목걸이와 팔찌에 대한 생각은 오래가지 못했다.

무혁도 이들처럼 특전사 출신이다.

특전사에서는 팀원 간의 유대감을 높이기 위해 같은 장신구를 하거나 문신을 하는 경우가 허다하다.

무혁은 대꾸했다.

"오거 슬레이어!"

"……."

"도망 안 칠 거야? 싫으면 관두고!"

"…잠깐만!"

"말이 짧다."

"……."

의논이라도 하는지 스칸다들이 조용해졌다.

그러나 그 조용함 속으로 백조의 발짓처럼 분주하게 수십의 목소리가 어지럽게 오가고 있었다.

─후퇴해야 합니다.

─젠장, 대장! 여기서 죽으면 개죽음입니다.

─맞습니다. 오거에게 밟혀 죽으려고 튜브를 목에 차지는

않았습니다.

―튜브와 스킨스로는 오크가 한계란 사실은 오거 한 마리 잡는 데 4명의 동료를 잃었을 때 알아차렸지 않습니까?

―결단을 내려야 합니다.

……

……

듣기 힘들 만큼 속삭이는 목소리에는 전파의 잡음이 섞여 있었다.

무혁이 엿들을까 봐 무전기를 사용해 속삭이는 것 같았다.

스칸다들에게는 불행한 일이겠지만 무혁은 그들의 대화를 들을 능력을 가지고 있었다.

다만 워낙에 흥분한 수십 개의 목소리가 동시에 오가고 있어 모든 대화를 듣기는 힘들었다.

'응?'

그럼에도 불구하고 무혁은 그들의 대화 중에서 흥미를 끄는 몇 개의 단어를 잡아냈다.

'튜브? 스킨스?'

무혁은 하나의 단서라도 더 파악하기 위해 정신을 집중했다.

노력은 성공했다.

후퇴니 퇴각이니 하는 미사여구를 동원한 도망가자는 내용이 주류인 대화 속에 한 명의 목소리가 유독 관심을 끌었다.

―튜브의 마나도 얼마 남지 않았습니다. 이대로는 전멸입니다.

튜브와 마나.

일견 아무런 연관도 없어 보이는 단어의 조합이다.

그러나 연이어 사용된 얼마 남지 않았다는 문장을 듣는 순간 무혁은 스칸다들이 어떻게 오러를 사용하는지 깨달았다.

'목걸이와 팔찌…….'

정신을 집중해 보니 팔찌와 목걸이에서 몸으로 흘러가는 미약한 마나의 흐름이 느껴졌다.

'이 자식들은 뭐야?'

마나를 익히지 못하는 지구인의 한계를 과학으로 넘어선 집단.

자연스럽게 니콜의 얼굴이 떠올랐다.

[형! 뭐해!]

[아~!]

[속 편하게 아~ 하고 있을 때가 아니라구!]

세바스찬은 스칸다들과 전방에서 밀려오는 수십 마리의 오거 사이를 달리고 있었다. 그의 뒤를 한껏 열받은 20마리의 오거가 뒤따랐다.

쿠오오오오!

꾸어어어억!

열심히 달리는 인간과 그 인간보다 5배 키가 큰 오거들의 행렬은 상황에 걸맞지 않게 우스꽝스럽게 보였다.

무혁은 아마도 스칸다의 대장일 중년에게 말했다.

"시간이 없다구."

드디어 기다리던 목소리가 들려왔다.

―후퇴, 각자 후퇴. V지점에서 합류한다."

명령을 마친 중년이 무혁에게 말했다.

"언젠가 오늘의 '빚'을 갚을 때가 올 겁니다."

"편할 대로~"

'빚'이라는 단어에 방점이 찍힌 걸로 보아 중년은 오늘의 후퇴를 치욕으로 받아들이고 있는 듯 보였다.

―움직여.

―달려

방진이 흩어졌고 스칸다들이 세바스찬이 오거 몰이로 뚫어 놓은 통로를 따라 후퇴하기 시작했다.

무혁은 세바스찬을 호출했다.

[미끼를 물었어.]

[오케이!]

대답을 한 세바스찬의 신형이 오거들 사이를 미꾸라지처럼 스치면서 후방으로 이동했다.

"자! 오거를 몰아볼거나!"

세바스찬은 마구잡이로 오거를 두들겨 패면서 스칸다들이 도망친 방향으로 달리기 시작했다.

꾸에에엑!

꾸에엑!

꾸에에엑!

오거들이 몰려왔다.

'빌어먹을… 내가 피한 다음에 몰아야지!'

무혁은 열심히 다리를 놀려 스칸다들을 쫓아가다 오거들의 시선이 닿지 않는 장소를 골라 몸을 숨겼다.

[겁은 많아서!]

세바스찬이 스치듯 지나가면 남긴 말이다.

'쿵!'

쿠쿠쿠쿠쿵!

쿠쿠쿵!

쿠쿠쿠쿠쿠쿵!

지축이 무너져 내리는 굉음과 함께 100여 마리의 오거가 세바스찬의 뒤를 쫓아 지나갔다.

작전이 성공한 것이다.

제26장

니콜의 선택

Sanctum

무혁이 스칸다 팀을 설득하는 과정을 가장 초조하게 지켜본 사람은 니콜이다.

니콜은 무혁의 작전이 실패하고 스칸다 팀이 전멸하기만을 진심으로 원하고 있었다.

그러나 바람은 이뤄지지 않았다.

무혁의 계획은 보기 좋게 성공했고 스칸다 팀이 꼬리를 말고 도망쳤다.

'멍청이들…….'

스칸다 팀은 세바스찬의 상대가 되지 못한다.

그 사실은 스칸다 팀의 숫자와 그들에게 주어진 도망칠 시간을 고려해도 변하지 않는다.

바보들이 죽는 건 아무런 문제가 되지 않는다. 그런 바보들은 죽어버리는 게 조직에 도움이 된다.

하지만 문제는 니콜 자신이다.

스칸다 팀이 잡히면 자칫 잘못하면 자신의 정체가 드러난다.

니콜은 1분 가까이 호흡을 참은 다음 공터로 내려가려는 로미을 불렀다.

"아침에 먹은 스프가 잘못된 것 같아. 대충 일이 마무리된 것 같으니 나… 볼일 좀 봐도 될까."

"언니 괜찮아요? 안색이 말이 아니에요. 제가 고쳐 드릴 수 있는데……."

"그 정도는 아니야. 로미는 디바인 마크를 찾고 오거를 원래대로 되돌려야 하잖아. 신성력이 많이 필요할 거야."

"그야 그렇지만……."

공터에서 무혁이 손을 흔들고 있는 모습이 보였다.

니콜은 로미의 등을 떠밀었다.

"부른다. 얼른 가봐."

"알았어요. 무슨 일 있으면 불러요."

"그래."

로미가 공터로 내려가자 니콜은 주위를 살핀 다음 배낭에서 튜브를 꺼내 온몸에 착용했다.

"휴~!"

숨을 내쉬어 심장박동을 진정시킨 니콜은 왼쪽 팔목에 찬 팔찌의 측면을 눌렀다.

스팟!

"큭!"

튜브 내부에서 튕겨 나온 리퀴드 메탈제 관 수백 개가 목과 허리와 발목과 손목에 박혔다.

슈우우욱~!

튜브에서 뿜어져 나온 마나가 순식간에 혈관을 채웠다.

"으으으으."

마치 수백 마리의 지렁이가 혈관을 타고 움직이는 듯 간지럽고 으스스하며 불쾌한 느낌이 전신을 사로잡았다.

아무리 많이 경험해도 결코 유쾌해지지 않는 느낌이다.

'세바스찬과 무혁은 마나를 사용할 때 어떤 느낌을 받을까?'

지금까지 두 사람은 마나를 사용할 때 특별한 느낌을 받는다는 표현을 한 적이 없었다.

그러나 스칸다 팀은 모두 니콜이 느낀 불쾌한 감각을 느낀다고 토로했다.

인공적인 마나 주입과 자연적인 마나의 사용이 가져온 차이라고 예상은 하지만 실질적으로 두 현상 간의 차이를 과학적으로 설명할 수 있는 사람은 없었다.

'무슨 상관이야.'

불쾌한 감각을 떨쳐 버리려는 듯 크게 몸서리를 친 니콜은 세바스찬과 오거가 사라진 방향으로 몸을 날렸다.

스팟~!

니콜은 세바스찬이 봤더라면 엄지손가락을 내밀 만큼 가공한 속도로 정글을 내달렸다.

먼저 도망친 스칸다 팀의 이동 속도에 비하면 10배는 됨직한 속도였다.

10분여를 그렇게 빠른 속도로 정글을 내달린 니콜은 몸을 멈췄다.

눈에 보이지는 않지만 분명 세바스찬으로 느껴지는 마나의 흐름이 다가오고 있었다.

'안 돼.'

니콜은 얼른 튜브를 조작해 마나의 분출을 막고 풀숲에 몸을 숨겼다.

그리고 주머니에서 20㎝ 길이의 검은 막대기를 꺼내 들었다.

막대기는 계단 난간의 장식 기둥을 잘라놓은 것처럼 원과 원통과 원뿔들이 이어져 있는 형상을 띠고 있었다.

여유롭게 달려오던 세바스찬이 불과 10여 미터 앞에 멈춰 섰다.

세바스찬의 얼굴에는 짙은 의혹의 기운이 가득했다.

한참 동안 주위를 살피던 세바스찬이 고개를 갸우뚱했다.

"이상하네……."

호흡까지 멈춘 니콜은 손에 들고 있던 막대기에 달린 작은 버튼에 손가락을 얹었다.

'제발… 가! 가라고…….'

막대기의 이름은 바주라(Vajra)다.

금강저(金剛杵)로도 불리는 바주라는 힌두교에서 3대 신인 브라흐마, 비슈누, 시바를 제외한 모든 신의 왕으로 알려져 있는 인드라(Indra)의 무기다.

인드라는 브리트라라는 아수라(阿修羅)들을 이끄는 거대한 용과 싸우고 있었는데 브리트라를 이기기 위해 신들의 비밀에 정통해 있는 다디야치라는 이름을 가진 바라문의 아들의 뼈로 한 가지 무기를 만들었다.

바로 그 무기의 이름이 바주라다.

바주라는 일종의 일회용 레이저 무기다.

조직에서는 바주라라면 생텀의 초인들을 죽일 수 있다고

믿고 있었다.

니콜은 자신이 바주라의 테스트 요원이 되고 싶은 생각은 추호도 없었다. 또한 세바스찬이 바주라 테스트의 재물이 되길 바라지도 않았다.

'제발 그냥 가!'

간절한 염원이 받아들여졌는지 한참을 두리번거리며 서 있던 세바스찬이 다시 몸을 움직였다.

"……."

한참 동안 석상처럼 굳어 있던 니콜이 움직인 것은 세바스찬이 사라지고도 5분여가 지나서였다.

니콜은 다시 튜브를 작동시키고 스칸다 팀의 뒤를 쫓았다.

오거들이 밀림에 4차선 도로를 뚫어놓은 바람에 추적은 쉬웠다.

그렇게 10여 분을 이동하자 한 군데 멈춰 있는 오거들의 모습이 보였다.

다만 스칸다 팀은 보이지 않았다.

꾸에에엑!

꾸에엑!

꾸에에엑!

오거들은 스칸다 팀을 놓친 분풀이를 하려는 듯 서로 치고받으며 싸우기 시작했다.

니콜은 오거들을 크게 우회해 다시 달리기 시작했다.

스칸다 팀의 흔적은 몇 개로 나뉘었다가 다시 합쳐져 한 지점으로 모이고 있었다.

상당히 신경을 썼는지 그 흔적은 옅었지만 마나로 민감해진 니콜의 시선을 피할 수는 없었다.

다시 10분여가 흘렀고 니콜은 한자리에 모여 있는 스칸다 팀을 발견했다.

*　　　*　　　*

숲 속에서 튀어나온 여성을 발견하자 숨을 헐떡거리고 있던 스칸다 팀이 경계 태세를 취했다.

니콜은 그들의 행동을 무시했다.

대신 바주라를 내밀며 말했다.

"대장이 누군가?"

"……"

서로를 바라보던 스칸다 대원들 사이에서 한 중년 남자가 걸어 나왔다.

스칸다 팀의 대장으로 보이는 중년 남자는 바주라를 알아보았다.

"크샤트리아가 이 정글에 무슨 일이오. 혹시… 오거를 어린 양처럼 가지고 놀던 인간들과……."

"내 질문에 먼저 답하라. 스칸다가 왜 여기 있는 것인가."

"우리는 오거들을 물리치고 성물을 찾아오라는 시바 님의 명령을 받았소."

"시바 님의 명령?"

"그렇소."

시바는 조직의 무력을 관장하는 인물로 상당히 과격한 성격의 소유자라고 알려져 있다.

"그 명령이 무엇인가?"

"내가 당신에게 말해줄 이유는 없는 것 같은데?"

"……."

니콜에게는 말로 그를 설득할 생각도 시간도 없었다.

스팡~!

허리춤에서 뽑혀 나온 단검이 날아가 중년 뒤에 서 있던 스칸다 대원의 이마에 꽂혔다.

픽!

"끄어어억~!"

한순간 대원이 절명했다.

부하를 잃은 대장이 검을 빼 들며 소리를 질렀다.

"뭐하는 짓이오!"

"스칸다 따위가 크샤트리아를 이길 수 있다 여겼는가?"

"……."

니콜의 냉혹한 얼굴에 대장의 표정이 굳어졌다.

그는 잠시 망설이더니 입을 열었다.

"시바께서는 성물을 회수해서 돌아오라고 명령하셨소."

"성물을 말인가? 어디에 쓰려고?"

"모르오. 우리에게 알려줄 이유가 없잖소."

"……."

대장의 말에는 거짓이 없었다.

조직의 지도부는 이유를 설명하며 명령을 내릴 만큼 친절하지 않았다.

'나부터도 이유도 모르고 임무를 수행하고 있는 중이니……'

니콜은 다시 물었다.

"귀환은 어떻게 할 생각인가."

"르완다 국경 지역에 회수 포인트가 설정되어 있소."

"남은 튜브는?"

"보시다시피 완전히 바닥난 상태요. 하지만 우리는 단련된 군인이오. 튜브에 의지하지 않고도 충분히 회수 포인트까지 이동할 수 있소."

아니다.

이들은 절대로 회수 포인트에 도착하지 못한다.

세바스찬이 무혁에게 돌아간 이유는 이들을 동정해서가
아니라 로미가 기도를 올릴 동안 그녀를 보호하기 위해서다.

기도가 끝나면 세바스찬은 돌아올 것이다.

니콜에게는 재앙인 상황이다.

"회수 포인트를 옮길 수는 없나?"

"당신도 알겠지만 스칸다가 작전을 벌일 때는 별도의 통신
을 유지하지 않소. 그럴 필요도 없고……."

보통의 경우라면 대장의 말이 맞다.

20명의 스칸다의 능력이라면 일개 사단을 피해 없이 전멸
시킬 수도 있을 것이다.

그러나 이들이 상대해야 할 상대는 세바스찬이다.

세바스찬은 초인의 단계를 아득히 뛰어넘은 괴물이다.

'어쩔 수 없어.'

이제 돌아갈 시간이다.

그러나 그냥 돌아가서는 안 된다.

니콜은 바주카를 들어 스칸다 팀을 겨냥했다.

대장이 손을 내밀며 소리쳤다.

"뭐… 뭐하는 거요."

니콜은 감정 없는 어조로 말했다.

"그냥… 재수가 없었다고 생각해라."

"그런… 말도 안 되는……. 당신이 크샤트리아라고 하지만

시바 님의 휘하인 우리를 어찌할 수는 없소."

"아니! 할 수 있어. 해야만 하고!"

니콜은 바주라의 단추를 눌렀다.

삐이이이잉!

기분 나쁜 고주파음과 함께 바주라의 끝에서 짙은 청광이
레이저처럼 발사되었다.

부우우웅!

니콜은 그 상태로 바주라를 지면과 평행이 되게 휘저었다.

'미안해요.'

스스스스스.

아무런 저항도 없이 바주라가 휘둘러졌다.

삐이잉!

바주라의 청광이 사라졌다.

니콜 앞에 남은 것은 허리를 기준으로 신체가 절반으로 분
리되어 버린 스칸다들의 처참한 모습이었다.

분리된 시체의 절단면에서는 단 한 방울의 피도 흘러나오
지 않고 있었다.

바주라가 뿜어낸 초고열이 절단과 동시에 세포를 태워 버
렸기 때문이다.

'더 이상 바주라를 쓸 일이 없어야 할 텐데……'

최고의 위력을 가졌지만 바주라는 단 1회만 사용할 수 있

는 무기다.

재충전이 가능하다고는 하지만 정글에서는 아니다.

니콜은 스칸다들이 차고 있던 튜브를 모두 회수한 다음 시체를 한자리에 모았다.

"좋은 곳에서 다시 태어나길 바라요."

기도를 마친 니콜은 바주라의 단추를 빠르게 세 번 누른 후 시체 더미 위로 던지고 뒤로 물러났다.

펑~!

바주라의 자폭장치가 작동하며 반경 5m를 불지옥으로 만들었다.

이제 시체에서 그들의 신원을 파악할 방법은 없었다.

니콜은 충분히 주의해 자리를 옮긴 후 튜브들을 은닉했다.

그리고 바레가족의 은신처로 향했다.

제27장

고릴라

Sanctum

오거들의 모습이 먼지와 함께 사라지자 로미가 달려 내려
왔다.

"무혁 오빠! 나이스."

"나이스는 무슨……."

그런데 로미 옆에 니콜의 모습이 보이지 않았다.

"니콜은?"

"속이 좋지 않다고……."

"하필 지금……."

로미의 한쪽 눈꼬리가 올라갔다. 아랫입술 한쪽도 깨물

었다.

좋지 않은 신호다.

무혁은 얼른 입을 다물었다.

여자의 생리현상을 문제 삼는 속 좁은 인간으로 낙인 찍히고 싶지 않았다.

"빨리 서두르자고."

"알았어요."

로미의 도움을 받아 바레가족의 은신처 앞 공터를 뒤진 무혁은 피그미족의 마을에서 찾은 것과 동일한 공단 주머니를 발견했다.

공단 주머니 안에는 역시 같은 검은 머리카락이 들어 있었다.

"도대체 얼마나 대단한 양반의 머리카락이기에 이렇게 신성력이 강한 거냐."

따지고 보면 끔찍한 일이다.

두 장소에서 찾은 머리카락의 양은 불과 한 줌이 안 된다.

한 인간의 전체 머리카락을 고려하면 한없이 작은 양인 것이다.

머리카락의 주인일 이름 모를 빌어먹을 성자의 나머지 머리카락이면 서울 정도 면적에 사는 인간을 모조리 오크나 고블린으로 만들 수 있다는 의미다.

남은 머리카락의 행방도 문제지만 당장 오거들을 원래의 생명체로 되돌려야 한다.

무혁은 로미에게 말했다.

"서둘러 줘. 그런데 니콜이 오래 걸리네?"

"정말 얼굴이 안 좋았어요. 아침에 먹은 임팔라 스프가 문제가 있었나 봐요."

"하긴… 피그미족의 위생 상태를 고려하면…….."

"비켜요."

"…응……."

아무래도 크게 점수를 깎인 모양이다.

진지한 표정으로 마법진을 그린 로미가 손을 내밀었다.

무혁은 몇 올의 머리카락을 챙긴 후 공단 주머니를 로미에게 주었다.

로미가 공단 주머니를 마법진 중앙에 놓고 기도를 시작했다.

기도가 시작되고 20분 정도가 지나자 세바스찬이 돌아왔다.

"너무 빠르지 않아?"

"스칸다들이 최선을 다해 도망쳐 줘서 생각보다 여유가 있었어."

"그들이 따라잡히진 않겠지?"

"나야 모르지."

"……"

무책임하게 대답한 세바스찬이 주위를 둘러보며 물었다.

"니콜은?"

"……"

무혁은 얼른 한 손으로 입에 손가락을 가져다대고 또 한 손으로는 배를 문질렀다.

"아~ 똥 싸러 갔구나?"

"……"

눈치 없기로는 우주 최강이다.

"그 입 다물라."

"크크크."

한참을 싱글거리던 세바스찬이 말했다.

"여자는 참 불편한 존재야. 똥 한 번 싸는데 내가 느끼지 못할 정도로 멀리가다니 말이야."

"기척이 안 느껴진다구?"

"응."

걱정이 되기 시작했다.

로미가 공터로 내려온 후부터 지금까지 최소 1시간이 흘렀다.

도대체 어떤 탈이 났는지 모르지만 1시간은 너무 긴 시간이다.

"찾아봐야겠다."

"여자가 똥 싸는 걸 찾자고?"

"1시간이나 흘렀어."

"여자들은 변비를 달고 산다고."

"음식을 잘못 먹어 탈이 난 사람이 변비일 리 없잖아."

"하긴… 아~! 저기 오네."

멀리 정글 사이로 손을 흔들고 있는 니콜의 모습이 보였다.

"시원한 얼굴이군."

"그러게 말야."

이윽고 기도가 끝났다.

무혁은 세바스찬에게 말했다.

"오거를 다시 데려와야지."

"그럴 필요 없어."

"왜? 이 근처에 있어야 하는 것 아냐?"

무혁의 의문은 로미가 풀어주었다.

"제 기도는 투르칸 신과 맺어진 약속을 되돌릴 뿐이에요.
대상이 어디 있든 문제가 되지 않아요."

"신의 약속이라서?"

"그렇죠. 신은 어디에게 존재하시니까요."

"편리한 신이네."

"불경이에요."

"말이 그렇다는 말이야."

세바스찬이 끼어들었다.

"오거도 양반은 못 되나 봐. 마침 돌아오고 있어."

세바스찬의 말처럼 오거들이 모습을 드러냈다.

일행을 발견한 오거들이 포효를 내지르며 달려오기 시작
했다.

꾸에에엑!

꾸에엑!

무혁은 로미를 채근했다.

"…젠장! 로미, 얼른 시작해."

"알았어요."

로미가 황금홀로 머리카락을 건드렸다.

빛이 일었고 그 빛이 몰려오던 오거들을 스치고 지나갔다.

그리고 남은 것은…….

니콜이 말했다.

"오거는…….."

무혁이 대답했다.

"고릴라였어."

세바스찬도 말했다.

"어울리긴 하네."

그랬다.

오크가 인간이 변한 몬스터라면 오거에는 고릴라가 어울리기는 했다.

빛을 맞아 오거의 탈을 벗어버린 고릴라들은 모두 기절해 버렸다.

100여 마리의 고릴라가 한자리에 모여 기절해 있는 모습은 다시 못 볼 구경거리였다.

그렇게 10여분이 지나자 고릴라들이 하나둘씩 깨어나기 시작했다.

고릴라들은 일행의 눈치를 보더니 천천히 밀림 속으로 사라졌다.

"정말이었어."

고릴라는 세상에 알려진 것처럼 포악하지 않고 매우 순한 동물이다.

인간과 친숙하다고 알려져 있는 침팬지가 오히려 무척 흉포한 편에 속한다.

오거 문제가 해결되자 무혁은 세바스찬을 불렀다.

"대장을 잡아 와. 그리고 목과 손목에 걸린 은빛 목걸이와 팔찌도 회수하고."

"알았어. 그런데… 나머지는?"

"너에게 맡길게."

"……."

세바스찬이 무혁의 눈을 뚫어지게 바라보았다.

"왜?"

"형, 변했어."

"무슨 소리야?"

"아냐… 다녀올게."

세바스찬이 떠나자 무혁은 바레가족의 디바인 마크를 찾기 위해 은신처를 뒤지기 시작했다.

예상대로 바레가족의 디바인 마크 역시 공단 주머니에 싸인 머리카락이었다.

얼마 지나지 않아 세바스찬이 돌아왔다.

세바스찬의 옆에는 기대하던 스칸다의 모습이 보이지 않았다.

"놓친 거야?"

"아냐. 이걸 봐."

세바스찬이 넘겨준 스마트폰의 사진 속에는 검게 타버린 무언가의 무더기가 찍혀 있었다.

"이게 뭔데?"

"아마도… 그들의 시체."

"…이 더미가 시체라구?"

"그래, 완전히 타서 숯으로 변해 버린 시체야."

"누가······."

"주변을 둘러봤는데 별다른 흔적을 찾을 수 없었어."

"······."

세바스찬의 능력으로 찾을 수 없는 흔적이라면 한 가지뿐이다.

'하늘에서의 공격일까? 그렇다면 누군가 우리를 지켜봤다는 이야긴데······.'

무혁의 시선이 자연스럽게 니콜로 향했다.

니콜은 로미와 함께 식사를 준비하고 있었다.

"언니, 속은 괜찮아?"

"응, 이제는 편해졌어. 아까는 정말로 죽는 줄 알았어."

아무리 봐도 다정한 자매의 모습이다.

무혁은 세바스찬을 바라보았다.

세바스찬도 무혁을 바라보았다.

두 사람은 눈빛만으로 공통된 한 가지 의견의 일치를 보았다.

식사를 마친 무혁은 올리비아를 호출해 귀환을 요청했다.

올리비아는 바레가족의 원래 마을을 귀환 장소로 선택했다.

─그곳이라면 수송기가 착륙할 만큼 충분한 평원이 있어요.

"알았습니다."

─아~ 그리고 방금 전에 생연의 스크루지 할아버지에게 연락이 왔는데 말이죠. 연락 좀 해달라고 하네요.

"왜요?"

─몰라요. 머리카락 샘플이 필요한 모양이죠.

"알았습니다."

특유의 짠돌이 기질 때문에 스크루지라는 별명이 붙은 김성한 박사다.

신호가 한 번 가자 바로 김성한 박사가 전화를 받았다.

─무혁 군!

"연락을 부탁하셨다구요?"

─일전에 우리가 거금을 들여 구입했던 오거 있잖은가.

아차 싶었다.

'젠장, 오거가 고릴라로 변했을 거 아냐.'

역시나 그랬다.

─조금 전에 오거가 고릴라로 변했지 않은가.

"……."

─올리비아 씨의 말로는 무혁 군이 대활약을 해서 그렇게 됐다고 하던데… 맞나?

"그… 그렇죠, 뭐."

―맞나 보군. 그렇다면 말이지……. 우리 돈을 돌려주는 게 정당한 거래일 것 같은데 말야.

무혁은 발끈했다.

"무슨 소립니까? 상호 간의 거래는 완벽하게 마무리됐습니다."

―계약서가 있네만. 그 계약서를 보면 오거 시체 한 구에 대해 생연이 문무혁에게 4억 원을 지불한다고 명시되어 있네.

"오거를 드리고 돈을 받았죠."

―지금은 고릴라라는 점이 계약 위반이지.

"전 모릅니다."

―마법사가 나뭇잎으로 금화를 만들어 물건을 산 다음 그 금화가 다시 나뭇잎으로 돌아갔다면 이걸 우린 뭐라고 부르나?

"……."

―보통은 사기라고 한다네. 사! 기!

"끄으으응!"

―절대로 생연이 돈 때문에 계약서를 들먹인다고 생각하진 말게. 어디까지나 계약은 상호 간의 신뢰에 기반을 둔 법치주의 국가의 근본이기 때문일세.

"개뿔~!'

—뭐라고 했나?

"아… 아닙니다."

—자네도 알다시피 대한민국은 법치국가 아니던가.

늙은 생강은 맵다.

늙은 닭은 질기다.

늙은 똥은 냄새가 지독하다.

늙은…….

무혁은 최후의 반항을 했다.

"그래도 지금까지 연구한 건에 대해서는 가격을 쳐주셔야 되지 않겠습니까?'

역시 김성한 박사는 호락호락하지 않았다.

그는 오히려 질문을 던졌다.

—연구의 원칙이 뭔지 아는가?

"원칙이라니요?'

—역시 문과라 모르는군. 대한민국의 교육이 이래서 문제라니까. 자고로 나라가 발전하려면 이공계에 대한 투자를 확대해야 하거늘.

"말투가 점점 조선시대 선비를 닮아가십니다."

—큼.

"연구의 원칙이나 말씀하세요."

―바로 재연성일세.

"재연성??!!"

―그렇다네. 어떤 연구를 했는데 다시 재연할 수 없다면 그 연구가 옳은지 틀린지 어떻게 알겠는가.

"다시 말해서 오거가 고릴라로 변했으니 기존에 했던 연구는 모조리 물거품이 됐다는 말이군요."

―정확히 이해했군. 이래서 내가 무혁 군을 좋아한다는 말이지. 요즘 젊은이답지 않게 머리 회전이 빨라.

"……."

칭찬이 귀에 들어오지 않았다.

피 같은 4억 원을 토해내게 생겼다.

조금 더 반항을 하고 싶었지만 김성한 박사를 말로 이길 방법은 없었다.

'아냐. 있어.'

무혁은 이를 악물고 말했다.

"디바인 마크를 찾았습니다. 머리카락이더군요."

―머리카락?

"그렇습니다. 살아 있는 상태에서 생명체의 유전자 구조를 완전히 바꿀 수 있는 마법의 원천이 숨어 있는 머리카락이죠. 탐나지 않으십니까?"

―…….

"4억 원입니다."

잠시 침묵이 흐른 후 김성한 박사가 말했다.

어조에 강한 숨결이 섞여 있는 것으로 보아 이를 악물고 있음이 분명했다.

—그렇게 안 봤는데… 무혁 군 짠돌이구만.

"박사님만 하겠습니까?"

—알았네. 그렇게 하지.

김성한 박사는 선선히 무혁의 제안을 수락했다.

따지고 보면 김성한 박사도 오거 가격 4억 원을 공짜로 절약한 셈이다.

결국 무혁만 손해 봤다.

김성한 박사가 다시 말했다.

—그런데 말일세……

"또 뭡니까?"

—그게… 흠… 지금까지 난 나 자신이 공과 사를 철저하게 구분하는 인간이라고 생각하고 있었네.

"그야 그렇죠."

—하지만 이번만큼은 도저히 공과 사를 구별하지 못하겠네.

"……"

—오늘 오전에 마누라에게서 전화가 왔네. 무려 4개월

만의 전화였지. 마누라는 콩고민주공화국 북동부 니라공고 화산(Nyiragongo volcano)의 동쪽 사면에 위치한 부키마(Bukima) 마을에 있다고 하더군.

김성한 박사의 아내 오선아 박사는 국경없는 의사회 소속으로 아프리카 질병 퇴치에 평생을 바친 여걸이다. 무혁도 안면이 있었다.

"소말리아에 계시다고 하지 않으셨던가요? 거긴 왜?"

―그 지역에 에볼라 바이러스(Ebola virus)가 창궐해서 급히 달려갔다고 하더군.

"그렇군요."

에볼라 바이러스는 콩고민주공화국의 에볼라 강에서 유래한 이름을 가진 치명적인 바이러스로 아프리카 유행성 출혈열, 혹은 에볼라 출혈열이라는 치명적인 전염병을 일으킨다.

에볼라 출혈열에 감염되면 내장이 녹아 입으로 피를 토하며 죽게 되고 치사율은 보통 50~90퍼센트에 이른다.

―그런데 부키마 마을이 르완다의 반군격인 르완다민주해방군(Democratic Forces for the Liberation of Rwanda, FDLR)의 공격을 받고 있다고 하네.

"아니… 그런 일이……."

―아마도 마누라가 가지고 있는 의약품을 노린 걸로 보여.

다행히 지금은 부키마 마을 민병대가 그들을 막고 있다고는 하는데 중과부족이라 오래 버티지 못할 것 같다고 하네.

엄연히 콩고민주공화국 영토인 부키마 마을을 르완다의 반군이 공격한다는 사실이 선뜻 이해가 되지 않을 수도 있다.

그러나 그 지역의 역사를 살펴보면 꼭 그런 것만도 아니다.

르완다는 소수 부족인 투치족과 다수 부족인 후치족이 정권을 놓고 오랜 기간 동안 내전을 벌여왔다.

수백만의 난민과 수십만의 사상자를 낸 내전의 승리자는 투치족이었고 후치족의 군인들은 콩고민주공화국으로 밀려나 반정부 활동을 계속하고 있었다.

바로 이들이 부키마 마을을 공격한 르완다민주해방군이다.

이에 르완다는 콩고민주공화국의 동쪽을 지배하고 있는 콩고민주회의(RCD)를 지원해 콜탄(Coltan)을 비롯한 지하자원을 약탈하고 동시에 르완다민주해방군을 소탕하고 있는 중이었다.

한마디로 오선아 박사가 있다는 콩고민주공화국과 르완다의 국경 지역은 돈과 자원과 정치와 민족의 욕망이 뒤섞여 타오르는 아프리카의 화약고와도 같은 지역이었다.

이제야 김성한 박사가 공과 사를 구별하지 못하는 남자가 됐다고 말한 의미를 깨달았다.

무혁은 말했다.

"저희가 가보겠습니다. 빠르게 이동하면 3시간 내에 도착할 수 있을 겁니다."

―고맙네. 나도 나이가 먹었나 보이……. 마귀할멈 같은 마누라라도 있어야 여생이 적적하지 않겠다 싶으니 말일세.

"무슨 그런 말씀을 하십니까. 부키마 마을의 좌표를 보내주십시오. 바로 출발하겠습니다."

통신을 끊은 무혁은 올리비아에게 철수 수송기를 뒤로 미뤄달라고 요청했다.

사정을 들은 올리비아는 별말 없이 무혁의 요청에 동의해주었다.

무혁은 일행에게 상황을 설명했다.

"이런 사정이야."

다행히 일행은 모두 오선아 박사 구출 작전에 동의해 주었다.

"그럼 가야지."

세바스찬은 바스타드 소드를 휘두르면서 일어났다.

"가요."

로미도 황금홀을 챙겼다.

"……."

달리 말은 안 했지만 니콜 역시도 빠르게 움직였다.

제28장

오선아 박사

Sanctum

레인지로버로 돌아온 일행은 최대한 속도를 내 북동쪽으로 이동했다.

현 위치에서 부키마 마을 사이에는 니라공고 화산이 자리 잡고 있어 크게 우회하는 길을 택해야 했다.

1시간여를 달리자 올리비아에게서 위성전화가 왔다.

―부키마 마을을 포위하고 있는 병력은 대략 100명 정도에요. 마을 안에는 무장 병력이 40명쯤 있어요.

"방어만 하면 상당한 시간을 버틸 수 있겠군요."

―현 상태로 상황이 고착된다면 그렇겠죠. 그러나 상황이

좋지 않아요. 위성 정보에 의하면 부키마 마을의 북쪽에 위치한 룸만가보(Rumangabo) 방향에서 500명가량의 병력이 N2 도로를 따라 남하하고 있어요.

"추가 병력이 오고 있다는 말입니까?"

─복장으로 보아 르완다민주해방군이 분명해요.

"예상 도착 시간은요?"

─앞으로 대략 2시간이에요. 그런데…….

올리비아가 말꼬리를 흐렸다.

상황이 더 나빠질 수도 있다는 의미다.

역시나 예상이 맞았다.

─부키마 마을 남쪽 국경도시인 고마 시(Goma City)에서도 1,000명가량의 무장 병력이 북쪽으로 이동 중이에요. 이들은 콩고민주회의 소속 군인이에요. 목적지는 부키마 마을로 보이구요. 도착 예정 시간은 2시간 30분이에요.

"……."

갈수록 태산은 이런 상황을 두고 하는 말이다.

콩고민주회의 군인들이라면 남하하고 있는 르완다민주해방군을 막을 수 있을 것이라 생각할 수도 있다.

그러나 이는 현실을 모르는 예측이다.

콩고민주회의 측 군인들은 정식 군인이 아닌 반군이다. 이들은 피그미족을 먹으면 영생을 누릴 수 있다고 믿고 실천에 옮긴 괴물이다.

그들에게 중요한 것은 부키마 마을 사람들의 안전이 아니라 르완다민주해방군의 목뿐이다.

'젠장, 모르긴 몰라도 부키마 마을은 쑥대밭이 될 거야.'

시간상 르완다민주해방군이 먼저 도착해 부키마 마을을 쑥대밭으로 만들면 그 뒤를 콩고민주회의 군인들이 습격해 박살을 내는 순서다.

일행은 앞으로 3시간을 더 이동해야 한다.

"시간이 부족해. 방법이 없어."

위성지도를 통해 상황을 파악한 무혁은 결단을 내렸다.

"니콜과 로미는 차로 따라와. 나와 세바스찬은 니라공고 화산을 가로지를게. 세바스찬, 괜찮겠지?"

"난 상관없어."

그러나 니콜이 반발하고 나섰다.

"니라공고 화산은 아프리카에서 가장 활발히 활동하는 활화산이에요. 정상에 세계에서 가장 큰 용암호를 가지고 있다구요. 무려 직경이 200m가 넘어요."

"용암호만 피하면 돼."

붉게 끓는 용암호를 건널 생각은 추호도 없었다.

다만 정상 부분만 빠르게 우회하면 충분히 시간에 맞춰 부르카 마을에 도착할 수 있다는 생각이었다.

"혹시 문제가 생기면 반지로 연락해. 부르카 마을도 중요하지만 무엇보다도 두 사람의 안전이 우선이야."

니콜은 무혁의 선택에 끝까지 찬성하지 않고 삐딱하게 행동했다.

"두 사람이 아니라 로미의 안전이겠죠."

"아냐……. 그럴 리가 있겠어?"

웃으며 대답을 한 무혁은 속으로 생각했다.

'지금은 말이야.'

몸을 가볍게 하기 위해 짐을 모두 레인지로버에 남기고 물과 바스타드 소드만 챙긴 무혁과 세바스찬은 이동을 시작했다.

니라공고 화산의 기슭은 코끼리, 사자, 하이에나, 원숭이, 하마들이 지천이여 상황이 급하지만 않다면 사파리를 즐기고 싶을 만큼 아름다웠다.

하지만 시간이 없었다.

"형, 마나를 폭발시키는 게 아니라 조금씩 흘려야 해."

"알았어."

"하긴… 누구와 달리 마르지 않는 마나통을 따로 차고 있으니 그럴 필요도 없겠다."

"부럽냐."

"부럽지, 그럼. 형의 마나만 보면 샘텀에 가고 싶어진다구."

"크크크, 마나가 부족한 지구에서도 샘솟으면 아마도 내가 샘텀에 가면 마나가 폭포처럼 샘솟을걸?"

"……."

"왜 말이 없어? 인정하는 거냐?"

"응, 정말로 그럴 수도 있겠다 싶어서……."

"어차피 샘텀에 갈 일도 없다. 출발하자."

"확신하지 마. 나도 1년 전에는 내가 지구에 올 거라고는 상상도 못했으니까."

"……."

하긴 그랬다.

미래를 누가 알겠는가.

'그런 사람이 있다면 신이겠지.'

두 사람은 바위를 밟고 나무를 타고 계곡을 한걸음에 건너 정상을 향해 달리기 시작했다.

마나를 이용해 달리는 두 사람의 신형은 한줄기 광선처럼 아름다웠다.

해발 3,414m에 달하는 니라공고 화산 정상을 스쳐 지나가듯 우회한 무혁과 세바스찬은 이동을 시작한 지 1시간 30분 만에 부키마 마을이 멀리 보이는 밀림의 끝자락에 도착했다.

부키마 마을은 붉은 흙벽에 양철지붕을 이은 50여 채의 건물로 이뤄진 전형적인 동아프리카의 농촌 마을이었다.

겉보기에 부키마 마을은 평화로운 농촌 마을 그 자체였다.

그러나 그 생각은 떠오름과 동시에 사라지고 말았다.

탕!

타타탕!

타탕!

마을 입구를 봉쇄하듯이 세워진 낡은 도요다 자동차 뒤에 서 있던 군인들이 마을을 향해 AK—47소총을 난사했다.

타타타탕!

타타탕!

곧바로 마을에서도 대응사격이 시작되었다.

양측 모두 대충 시간을 때우려는 목적인 듯 그다지 격렬한 사격은 아니었다.

총성이 멈추고 마을은 다시 침묵 속에 빠졌다.

무혁은 우선 올리비아를 호출했다.

"상황은요?"

—르완다민주해방군은 30분 거리에 있어요. 콩고민주회의 쪽은 1시간 거리구요.

"다른 특이점은요?"

―없어요.

"감사합니다. 다시 연락드리죠."

―조심하세요.

통화를 마친 무혁은 군인들을 가리키며 세바스찬에게 말했다.

"처리할 수 있겠어?"

"당연하지. 죽여도 돼?"

"안 죽이고는 처리가 힘들까?"

오러는 총알을 막아주지 못한다.

물론 세바스찬의 능력이라면 정면에서 쏘는 총알에 맞을 만큼 멍청히 서 있지는 않겠지만 그렇다고 눈먼 총알까지 피할 수는 없다.

세바스찬이 씩 웃으며 반지 한 개를 꺼내 들었다.

"이놈이 있어서 상관없어."

"뭔데?"

반지는 흑요석으로 만든 것처럼 반투명하게 반들거렸다.

"투날이 쓰던 실드 마법이 인챈트된 반지."

"언제 챙겼어?"

"토막 낼 때."

"참~ 잘했어요."

"크크크, 칭찬이지?"

세바스찬이 튀어 나가자 무혁은 마을의 반대편으로 이동
했다.

*   *   *

르완다민주해방군.

이름은 멋지지만 사실 그 실체는 투치족과의 권력투쟁에
서 지고 도망친 후치족 패잔병 집단에 양아치들과 강제 징집
된 소년병들이 조합된 오합지졸에 지나지 않는다.

부라키 마을을 공격한 중대도 그랬다.

이 소대는 콩고민주공화국과 르완다 국경 지대에서 노략
질을 하던 중 어디선가 전염된 에보라 출혈열에 중대의 절반
을 잃었다.

그런 상황에 부키마 마을에 의사가 있고 약도 있다는 소식
을 들었으니 앞뒤 보지 않고 쳐들어온 것이다.

그러나 상황이 심각하게 돌아갔다.

5명의 전직 군인과 소년병들의 집합으로 이뤄진 이 중대는
예상하지 못했던 민병대의 격렬한 저항에 부딪쳐야 했고 2명
의 사상자를 내고 말았다.

이들은 의논 끝에 본대에 원군을 요청했다.

최근 맹렬한 기세를 떨치고 있는 에보라 출혈열 덕분에 다

른 르완다민주해방군들도 많은 피해를 입은 처지라 지원은 흔쾌히 승낙되었다.

"이제 조금만 지나면 본대가 도착할 거야."

"본대만 도착하면 모두 죽여 버릴 거야."

"죽이긴 왜 죽여? 맛을 봐야지."

"하긴… 동양인 의사가 있다고 하던데."

"피그미보다 맛있을까?"

"동양인 고기는 사자 같은 힘을 준다는 이야기를 어디선가 들은 적이 있는데……."

"크크크크."

군인들은 낡은 도요다 트럭 뒤에 숨어 가끔 총질을 하며 히히덕거렸다.

그들의 뒤에 서서(!) 대화를 듣고 있던 세바스찬은 한껏 인상을 찌푸렸다.

이들의 대화에서 등장한 맛을 본다는 말의 의미는 흔히 생각하는 강간이나 약탈이 아니라 문자 그대로 먹는다는 말이었기 때문이다.

'그냥 죽어라!'

스팟!

서걱~!

서걱~!

세바스찬은 한칼에 두 명의 목을 잘라 버렸다.

탕!

타타탕!

그 모습을 발견한 이들이 있었다.

나무 뒤에서 늘어져 있다가 운 나쁘게 세바스찬을 발견한 소년병 두 명이다.

물론 총알은 실드에 맞고 튕겨져 나갔지만 실드가 아니었으면 큰일 날 뻔한 순간이다.

자신의 부주의에 대해 살짝 짜증이 난 세바스찬은 소년병의 목을 따기 위해 바스타드 소드를 치켜들었다.

그러나 총알에도 죽지 않는 괴물을 본 소년병의 얼굴을 본 순간 세바스찬은 바스타드 소드를 다시 내릴 수밖에 없었다.

비쩍 마른 소년병의 얼굴에서 세바스찬이 본 것은 공포의 감정도 슬픔의 감정도 아닌 순백의 무감정이었다.

무혁이 했던 말이 기억났다.

'소년병은 자신의 의지와 상관없이 징집되어 구타와 폭언과 마약으로 세뇌된 불쌍한 존재라고 했어.'

세바스찬은 군인들의 생사에 대한 간단한 조건 하나를 만들었다.

'아이들은 산다. 어른은 죽는다.'

당사자들은 꿈에도 생각 못했을 세바스찬의 일방적인 결

정이 3명의 목을 몸통에서 분리시켰다.

그리고 나머지 소년병들은 꿀밤 한 대씩을 얻어맞고 기절
했다.

*　　　*　　　*

무혁은 진료실 구석에서 간호사 한 명과 함께 몸을 웅크리
고 있는 오선아 박사를 발견했다.

"오 박사님!"

"……."

한국어를 들은 오선아 박사가 무혁을 쳐다보았다. 그리고
는 무혁의 손에 들린 거대한 바스타드 소드를 보고 다시 고개
를 움츠렸다.

무혁은 바스타드 소드를 내려놓으며 말했다.

"오 박사님, 저 문무혁 기자입니다. 기억나십니까?"

"아… 문 기자님."

"김 박사님의 부탁으로 왔습니다. 다치지는 않으셨습니
까?"

"다친 곳은 없어요. 그런데 문 기자님이 절 구하러 오셨다
구요?"

"그렇게 됐습니다. 가시죠. 시간이 없습니다."

"가다니요? 마을 밖에는 르완다민주해방군들이 지키고 있어요."

"처리됐을 겁니다."

"된 것도 아니고 됐을 거라고요?"

오선아 박사의 질문은 때마침 진료실로 들어온 세바스찬이 대신했다.

"형 말이 맞습니다. 몇몇 놈은 아니지만 대부분은 푹 자고 있습니다."

"당신은 누구시죠?"

"전 세바스찬입니다. 랭던 왕… 아니, 무혁 형과는 잘 아는 동생이죠."

"그렇군요. 용병이신가 보네요."

"이 세바스찬을 허접한 용병 따위와……."

용병이란 소리에 발끈하려는 세바스찬을 눈빛으로 제압한 무혁은 오선아 박사에게 말했다.

"시간이 없습니다. 북쪽에서는 르완다민주해방군 병력이 다가오고 남쪽에서도 콩고민주회의 소속 군인들이 몰려오고 있습니다."

"그… 그런……. 그런데……."

놀라긴 했지만 오선아 박사는 선뜻 나서려 하지 않았다.

무혁은 내심 혀를 찼다.

'고집이 보통이 아니라고 들었는데…… 설마… 이 상황에 마을 사람의 안전 운운하진 않겠지?'

무혁은 다시 재촉했다.

"출발하시죠."

"저만요?"

역시나 우려하던 대답이 돌아왔다.

"저와 세바스찬 둘뿐입니다. 박사님은 몰라도 마을 사람들까지 구해줄 방법은 없습니다."

"그쯤은 나도 알아요. 이런 상황을 묘사한 영화나 드라마에 항상 등장하는 민폐 캐릭터가 되고 싶은 생각도 없구요. 다만 이 아이를 꼭 데려가고 싶을 뿐이에요."

이 아이란 오선아 박사 뒤에 숨어 있는 앳된 얼굴의 간호사를 의미했다.

"소피아는 소말리아에서부터 제 조수를 해주고 있는 아이예요. 고아에다가 이곳에는 아는 사람도 없으니 두고 갈 수 없어요."

"좋습니다."

무혁의 대답이 끝나자마자 오선아 박사는 소피아에게 말했다.

"얼른 마을 사람들에게 상황을 설명해 주고 도망치라고 전해. 족장에게 말하면 될 거야."

"네, 박사님."

무혁은 뛰어나가려는 소피아를 붙잡았다.

"세바스찬이 더 빠릅니다. 세바스찬!"

"알았어! 형."

오선아 박사가 고개를 저었다.

"세바스찬의 말을 족장이나 마을 사람들이 믿을 거라 생각하나요? 소피아는 이 마을 사람들의 신뢰를 받고 있어요."

"…그렇겠군요. 제가 생각이 짧았습니다."

무혁은 정중하게 사과했다.

오선아 박사에 대한 첫인상은 가냘픈 몸매를 가진 초로의 여학자에 지나지 않았다.

그러나 한순간 겪어본 오선아 박사는 김성한 박사의 이야기대로 여장부이자 명석한 두뇌의 소유자였다.

무혁은 오선아 박사의 계획에 살짝 수정을 가했다.

"세바스찬이 함께 가. 박사님은 꼭 필요한 것만 간단하게 짐을 챙기세요."

"알았어요. 5분만 주세요."

"3분입니다."

오선아 박사가 빠르게 움직이며 서류와 사진을 챙겼다.

밖을 내다보니 마을 사람들이 마을을 떠나는 모습이 보였다.

15분 후면 르완다민주해방군을 필두로 적들이 몰려온다.

무혁과 세바스찬의 능력을 고려하면 아직 시간은 충분했다.

그러나 무혁의 생각은 오산이었다.

삐리리리!

위성전화가 울렸다.

받아보니 올리비아가 다급한 목소리로 소리쳤다.

─큰일 났어요. 사진을 보낼게요.

"……"

전송된 사진 속에는 마을 지척에 우글대고 있는 오크 떼의 모습이 선명하게 찍혀 있었다.

─3분전 사진이에요.

"어디서 튀어나온 겁니까?"

─튀어나온 게 아니라 르완다민주해방군이 변한 거예요.

"네?"

─콩고민주회의 군인들도 상황이 마찬가지예요. 빨리 벗어나세요.

"알았습니다."

왜라는 의문은 사치였다.

지금은 움직일 때였다.

무혁은 오선아 박사에게 소리쳤다.

"지금 가야 합니다."

"소피아는요?"

무혁은 진료실 밖으로 나갔다. 그리고 처참한 장면을 목격했다.

끄아아악!

아아악!

끄악!

오크들이 도망치던 주민들을 학살하고 있었다.

"빌어먹을……."

무혁은 다시 진료실로 들어와 오선아 박사를 들쳐 업었다.

"죄송합니다. 꼭 잡으세요."

"네? 네……."

진료실을 빠져나온 무혁은 반지로 세바스찬을 불렀다.

[오크들이 몰려오고 있어.]

[나도 봤어. 어떻게 하지?]

[소피아를 데리고 마을 동쪽으로 와!]

[알았어.]

마을 동쪽은 니라공고 화산에 이르는 짧은 평원지대였다.

무혁은 평원만 지나가면 오크들을 따돌릴 수 있다고 생각했다.

그러나 그 생각은 오산이었다.

합류 지점에서 세바스찬과 그가 업고 있는 소피아를 만났지만 마을을 빠져나갈 수 없었다.

이미 부키마 마을은 1,500마리의 오크에 의해 포위된 상태였다.

오크들은 도망치다 횡액을 당한 마을 사람들로 잔치를 벌이고 있었다.

마을 사람들에게는 안된 일이지만 그 덕분에 오크들이 아직 마을로 들어오지 않았고 무혁은 약간이나마 시간을 벌 수 있었다.

제29장

혈전

Sanctum

오크를 본 소피아가 패닉을 일으켰다.

"아~ 악! 괴물이야, 괴물……. 천주님, 저를 살려주세요."

오선아 박사는 소피아보다는 침착했다.

"저 괴물들은 뭐죠?"

"김 박사님이 말 안 해주시던가요?"

"나라 일을 저에게 말할 만큼 그이의 입은 가볍지 않아요. 사실 몇 달 동안 연락도 없었구요."

"죄송합니다. 우리는 저것들을 오크라고 부릅니다. 일종의 병에 걸린 인간이라고 생각하시면 됩니다."

"저들이 인간이라구요?"

"그렇습니다. 물론 낫게 할 방법은 있습니다. 당장은 힘들지만요."

"……."

"소피아를 좀 달래주십시오. 그동안 저희는 방법을 찾아보겠습니다."

"알았어요."

무혁은 세바스찬을 보며 한숨을 쉬었다.

"빨리도 몰려왔네."

"인간보다 서너 배는 빠르니까. 지구력도 좋고……."

"어떻게 한다. 강행돌파할까?"

"강행돌파? 우리 둘이라면 몰라도 두 사람을 등에 업고는 힘들 거야."

"네가 가지고 있는 쉴드 반지를 사용하면?"

"나라고 두 사람을 업고 저 오크들을 빠져나갈 수는 없다구. 설령 그렇게 할 수 있다고 해도 마나가 절반밖에 안 남았어."

아프리카에 온 후 세바스찬은 많은 마나를 사용했다.

마나의 보충이 어려운 지구라는 환경에서 1,500마리의 오크는 세바스찬에게도 크나큰 도전이었다.

무혁은 한결 진정된 소피아의 머리를 쓰다듬어 주고 있던 오선아 박사를 불렀다.

"일단 마을 회관의 지붕으로 이동하겠습니다."

"괜찮을까요?"

"마을 회관은 콘크리트 건물이니 당분간은 괜찮을 겁니다."

"알았어요."

마을 회관의 옥상에 도착한 무혁은 니콜을 호출했다.

[위치는?]

[마을 북방 40㎞지점이에요. 서두르면 30분이면 도착해요.]

[마을에 오면 안 돼. 북방 5㎞지점에서 대기해.]

[에볼라가 심한가요?]

[에볼라 문제가 아니야. 우리는 지금 1,500마리의 오크에게 포위되어 있어.]

[오크라구요? 어떻게······.]

[마을로 오던 군인들이 변한 것 같아.]

[그럼 어떻게 해요.]

[지금부터 방법을 찾아봐야지. 다시 연락할게.]

무혁은 이번에는 올리비아를 호출했다.

올리비아는 위성을 통해 실시간으로 상황을 지켜보고 있어 긴 설명은 필요 없었다.

"헬기를 지급으로 수배해 줄 수 있겠습니까?"

—우리가 컨트롤할 수 있는 가장 가까이 있는 헬기는 르완다의 국경도시인 기세니(Gidemyi) 시예요. 최소 1시간은 걸려요.

아무리 긍정적으로 계산해도 1시간을 버틸 수 있을 것 같지 않았다.

오크들은 만찬의 애피타이저를 끝내고 있었다.

만찬의 주 메뉴는 당연히 무혁과 일행이었다.

무혁은 다른 방법을 찾아야 했다.

"세바스찬, 너 실드 반지 없이 혼자서 빠져나갈 수 있겠어?"

"나 혼자? 형은?"

"내 생각은 하지 말고! 빠져나갈 수 있어? 없어?"

"나 혼자만이라면 어떻게든 되겠지. 하지만 형은 어떻게 하려고?"

"난 실드 반지를 가지고 오 박사님과 소피아와 함께 이곳에서 버티고 있을게."

"그사이에 로미와 디바인 마크를 찾아라?"

"그래. 맞아. 이들이 오크로 변한 위치는 올리비아가 알고 있을 거야."

무혁은 가지고 있던 위성전화기를 세바스찬에게 넘겨주고 실드 반지를 받았다.

"절대로 살아남아야 한다."

"알았어. 내 걱정 하지 말고 형 걱정이나 해."

세바스찬은 실드 반지를 넘겨주며 덧붙였다.

"실드 반지는 움직이지 않을 때 위력이 더 강해져. 그러니 한자리에서 버티는 편이 좋을 거야. 그리고 착용자가 마나를 주입하면 지속 시간이 길어지지. 이때 마나는 끊이지 않게 흐르듯 주입해야 되는 거 잊지 말고."

무혁은 실드 반지를 끼고 세바스찬이 알려준 요령으로 실드를 작동시켰다.

부우우웅!

한순간에 반투명한 막이 무혁 주변으로 생겨났다.

"이 상태에서 안에서 밖으로 공격을 할 수 있나?"

"있어. 그렇지 않다면 누가 마법사를 무서워하겠어. 단단한 공 속에 든 노친네일 뿐인데."

"그럼 출발해라."

"다시 말하지만… 조심해."

"알았어."

무혁과 악수를 나눈 세바스찬이 날듯이 옥상을 내려갔다.

몇 번의 도약으로 마을 북쪽 입구에 도착한 세바스찬이 오크들 사이로 뛰어들었다.

두 사람의 모습을 지켜보던 오선아 박사가 말했다.

"두 사람은 뭐죠?"

"인간입니다."

오선아 박사가 세바스찬이 향한 방향을 가리켰다.

"인간이 저렇게 할 수 있나요?"

오크들 사이에서 세바스찬 특유의 붉은 오러가 번쩍였고 곧이어 오크들의 신체가 하늘로 비산했다.

그리고 그 장면도 잠시, 세바스찬의 모습은 몰려든 오크들에 뒤덮여 사라져 갔다.

"남들보다 강한 인간이죠."

"남편 일과 관련이 있나요?"

"그렇습니다."

"8월의 셰퍼드 헛바닥처럼 축 늘어졌던 그이가 요새 팔팔하다 했더니 이런 이유가 있었군요."

남편을 셰퍼드 헛바닥에 비유하고 오크 떼를 보고도 크게 공포에 빠지지 않는다.

확실히 여장부다.

무혁은 물었다.

"무섭지 않으십니까?"

"아프리카에 오래 있다 보면 인간이 얼마나 무서운 존재인지 알 수 있죠. 저 오크는 최소한 인간을 산 채로 불에 태우거나 재미로 사지를 찢거나 하진 않을 것 같군요. 먹기야 하겠지만 이곳에도 인간을 먹는 인간이 꽤 있답니다."

"……."

어쩌면 본능에 충실한 오크보다 인간이 더 잔혹할 수도 있다.

슬프지만 사실이다.

*   *   *

애피타이저를 먹어치운 오크들이 마을 회관 밑으로 밀려왔다.

꾸에에엑!

꾸에엑!

오크들은 또 다른 식사를 앞에 두고 흥분하고 있었다.

무혁은 바스타드 소드를 꺼내 들었다.

"두 분은 옥상 중앙에 계십시오. 전 최대한 시간을 벌어보겠습니다."

"저도 도울 수 있어요."

오선아 박사가 가방에서 권총 한 자루와 탄창 몇 개를 꺼냈다.

"의사와 권총이라… 어울리지 않는군요."

"말했다시피 아프리카는 위험한 동네거든요."

"반대쪽을 맡아주십시오. 목표는 오크의 미간입니다. 그리고… 3발은 남겨놓으십시오."

"3발이죠? 알았어요."

오크들이 서로를 타고 넘으며 옥상으로 올라오기 시작했다.

꾸에에엑!

꾸에에에엑!

꾸에엑!

오크의 머리가 보이기 시작했다.

무혁은 옥상의 난간과 평행이 되게 바스타드 소드를 휘둘렀다.

서컥~!

서컥!

잘린 오크의 머리와 팔들이 춤을 췄다.

이제 시작이었다.

무혁 혼자서 옥상 전체를 방어하는 일은 처음부터 불가능했다.

그럼에도 불구하고 무혁은 번개 같은 속도로 옥상을 맴돌며 20분을 버텨냈다.

얼마나 베었는지 모를 만큼 많은 숫자의 오크가 죽었다.

그러나 오크는 아직도 많았고 지켜야 할 범위는 너무 넓었다.

탕!

타탕!

솔직히 오선아 박사의 도움이 없었다면 불가능한 시간이었다.

오선아 박사는 무혁도 놀랄 만큼 침착하고 정확하게 오크의 미간에 총알을 박아 넣었다.

그럼에도 불구하고 영원히 버틸 수는 없었다.

탕!

꾸엑!

막 옥상으로 뛰어 올라오던 오크의 미간에 총탄을 명중시킨 오선아 박사가 소리쳤다.

"끝이에요."

무혁은 마지막으로 바스타드 소드를 휘두르고 옥상 중앙으로 달려가 오선아 박사와 소피아를 끌어안고 실드 반지를 가동시켰다.

부우웅!

반투명한 실드가 반경 1m의 안전지대를 만들어냈다.

곧바로 오크들이 밀려왔다.

오크들은 주먹으로 실드를 때려댔다.

꾸에에엑!

꾸에엑!

꾸에에에엑!

투투퉁!

투퉁!

오선아 박사가 말했다.

"사실은요. 총알을 남기지 않았어요."

"……."

"그러니 꼭 저를 살려내세요. 아니면 우리 남편이 당신을 가만두지 않을 거예요."

"……."

무혁은 처음으로 오선아 박사의 눈에서 공포를 발견했다.

내색은 안 하고 있었지만 오선아 박사 역시 평범한 인간이었다.

무혁은 실드 반지에 주입되는 마나의 흐름에 집중하며 바스타드 소드로 오크들을 찔러갔다.

꾸엑!

꿱!

실드 주위로 오크의 시체가 쌓여갔다.

그리고 얼마 지나지 않아 실드는 오크로 뒤덮인 무덤으로 변하고 말았다.

시간이 흘렀다.

마나는 끊임없이 실드 반지로 주입되어 실드를 유지시켰다.

'힘들어.'

한줄기의 마나를 작은 반지에 끊이지 않게 주입하는 일은 대단한 정신력을 필요로 했다.

'정말로 힘들어.'

어느덧 무혁은 한계를 경험하고 있었다.

꾸에에엑!

꾸에에에엑!

꾸에엑!

오크들은 단순 무식한 공격 방법을 버리고 머리를 쓰기 시작했다.

실드를 뒤덮고 있던 오크의 시체들이 치워지더니 어디선가 뽑아 온 기둥을 든 오크들이 보였다.

'머리도 써? 젠장.'

오크들은 마치 공성전을 하는 병사처럼 기둥을 들고 달려와 실드를 가격했다.

텅!

터팅!

실드 반지로 흘러가던 마나가 격렬하게 흔들렸다.

흔들린 마나는 무혁의 내장을 진탕시켰다.

"크억~!"

무혁은 자신도 모르게 피를 토하고 말았다.

그 모습을 본 오선아 박사가 재빠르게 옷깃으로 피를 닦아 주며 물었다.

"괜찮아요?"

"괜… 괜찮습니다."

마나가 끊기지 않아 천만다행이었다.

무혁은 필사적으로 마나의 흐름에 정신을 집중했다.

오크들이 그런 무혁의 사정을 봐줄 리 없다.

기둥이 맹렬한 속도로 실드를 때렸다.

텅!

텅!

실드가 크게 출렁거렸고 그때마다 무혁은 각혈을 했다.

위험한 시간이 흘러갔다.

그러나 무혁은 특유의 인내심으로 무지막지한 고통을 견뎌냈다.

'이 정도 고통은 아이를 쓰다듬는 어머니의 손길이지. 난 더한 고통도 겪어본 사람이라구.'

고통에 면역이 되자 마나를 다루는 일이 한결 수월해졌다.

'응?'

단순히 수월해지기만 한 것이 아니었다.

월등히 적은 양의 마나만 가지고도 실드 반지를 손쉽게 다룰 수 있었다.

'전화위복이야. 그렇다면!'

무혁은 오선아 박사를 불렀다.

"혹시 동전 있으십니까?"

"동전이요?"

오선아 박사가 가방을 뒤져 동전 몇 개를 찾아주었다.

무혁은 건네받은 동전에 마나를 흘려보내기 시작했다.

'실드 반지로 흘러가는 마나는 끊기면 안 돼. 조심, 조심해라~ 무혁아.'

울도에서 세바스찬은 단검에 오러를 담아 던진 적이 있다.

그 모습이 너무 멋졌던 무혁은 몇 번이나 그 기술을 익히기 위해 노력했지만 단 한 번도 성공한 적이 없었다.

'지금이라면… 가능해.'

성공이었다. 동전이 하얗게 빛나기 시작했다.

무혁은 또 한 가닥의 마나를 손가락에 집중시켜 손가락을 보호한 후 엄지손가락으로 동전을 튕겼다.

팅!

스팟!

하얀 선을 그리며 실드 바깥으로 쏘아져 나간 동전이 기둥의 가장 전면을 잡고 달려오던 오크의 이마에 명중했다.

꾸엑!

오크가 외마디 비명을 지르고 쓰러졌다.

꾸엑!

그 오크의 뒤편에 서 있던 오크도 비명을 지르더니 뒤로 넘어갔다.

놀랍게도 오러를 품은 동전이 두 마리의 오크의 머리를 관통하는 위력을 보여준 것이다.

"나이스!"

이제 더 버틸 수 있다.

무혁은 동전으로 기둥을 잡고 달려드는 오크들을 저격하기 시작했다.

동전이 떨어지면 볼펜을 사용했고 볼펜이 떨어지면 소피아의 머리카락에서 뺀 머리핀도 썼다.

소피아는 흑인 특유의 곱슬머리를 단정하게 만들기 위해 상당한 숫자의 머리핀을 사용하고 있어 더욱 좋았다.

세상의 모든 일에는 끝이 존재하는 법이다.

무혁은 그 끝을 실감하고 있었다.

세바스찬이 떠난 지 50분이 흐른 시간.

단추까지 뜯어 암기로 사용하는 바람에 더 이상 던질 물건이 없었다.

'마나도 간당간당해.'

무혁은 세바스찬을 호출했다.

[세바스찬!]

대답이 없었다.

'설마⋯⋯.'

다급해진 무혁은 이번에는 로미를 호출했다.

[로미!]

로미도 대답이 없었다.

[니콜!]

니콜도 대답이 없긴 마찬가지였다.

불길한 생각을 떨쳐 버릴 수 없었다.

텅!

텅!

오크들은 지겹도록 집요했다.

지붕 위에 죽어 널브러진 오크가 100마리가 훌쩍 넘어가는 상황에서도 오크들은 포기하지 않고 새로운 병력을 투입했다.

텅!

텅!

텅!

기둥이 부딪칠 때마다 실드가 크게 출렁거렸다.

더 오래 버티기 위해 무혁은 실드 반지로 보내는 마나의 양을 줄였다.

부우우웅!

그 결과로 실드가 줄어들자 오크들이 승리의 함성을 질렀다.

꾸에에엑!

꾸에엑!

무혁은 다시 일행을 호출했다.

[세바스찬, 로미, 니콜!]

여전히 대답이 없었다.

'세 사람도 화를 당한 모양이야.'

구출은 없었다.

탈출도 불가능했다.

무혁은 최후를 예감하지 않을 수 없었다.

*　　　*　　　*

실드는 세 사람이 서로를 끌어안지 않으면 안 될 상황에 처할 때까지 줄어들었다.

무혁은 사과했다.

"이 지경이라 죄송합니다, 오 박사님."

"그런 소리 하지 마세요. 죽기 전에 이런 희귀한 경험을 하고 있는걸요. 다만 한 가지 아쉬운 점은 무혁 씨를 연구하지 못할 거라는 점이에요. 그리고……."

오선아 박사는 소피아의 머리를 쓰다듬으며 말했다.

"미안해, 소피아. 널 한국으로 데려가겠다는 약속을 지키지 못해서."

"아니에요, 오 박사님. 고아인 저를 먹이고 공부시켜서 어엿한 간호사가 될 수 있게 해주셨는걸요. 전 정말로 행복해요."

"그렇게 생각해 주니 다행이다, 소피아."

텅!

텅!

이젠 더 이상 견디기 힘들었다.

무혁은 바스타드 소드를 잡은 손에 힘을 주었다.

오크에게 산 채로 먹히느니 자살하는 편이 나았다.

"응??!!"

그런데 놀라운 일이 벌어졌다.

오크들이 단체로 약이라도 먹은 것처럼 동시에 쓰러졌다.

"…??!!!"

그것만이 아니었다.

쓰러진 오크가 모두 인간의 모습으로 변하고 있었다.

"아~! 성공했구나."

모든 오크가 인간으로 변해 의식을 잃은 모습을 확인한 무혁은 실드를 풀었다.

실드가 사라지자마자 반지 통신이 밀려들었다.

[형!]

[오빠! 제발!]

[대답 좀 해요!]

일행의 목소리는 다급했다.

[우린 괜찮아. 성공했구나.]

[아~ 형. 놀랐잖아. 당연히 성공이지, 내가 누군데. 바로 대랬던 왕국의…….]

[시끄러워! 세바스찬 오빠!]

[연락이 안 돼서 걱정했잖아요.]

무혁은 이유를 설명했다.

[실드를 치고 나서 나도 연락이 안 되더라고. 그래서 난 너희들이 실패한 줄 알았지.]

[내가 실드 안에서는 통신구를 이용한 통신이 안 된다고 말 안 했던가?]

[······.]

[······.]

정작 당사자인 세바스찬도 잊고 있었던 사실을 말했을 턱이 있는가.

로미가 소리쳤다.

[말을 해요? 자기도 까마득하게 잊고 우리랑 함께 오빠를 걱정하던 주제에?]

[아~ 그렇구나.]

[뭐가 그렇구나예욧! 세바스찬 경!]

[큼, 제발 '경'은 빼줘. 거리감 느낀단 말야, 로미야.]

[흥! 느끼라고 그러는 거예요. 아니, 앞으로는 신관님이라고 불러요!]

[제발······.]

[잊어먹을 걸 잊어먹어야죠.]

[그래도 내가 키메라 네크로맨서 한 마리를 잡지 않았으면 디바인 마크도 못 찾았을 거라고.]

[그건 그거고, 이건 이거예요. 무혁 오빠가 다쳤으면 어쩔 뻔했어요?]

일방적으로 당하고 있던 세바스찬이 반격에 들어갔다.

[너··· 무혁 형 좋아하지!]

[무··· 무슨······.]

[좋아하네, 좋아해.]

[세바스찬 폰 도멜 경!]

두 사람의 대화를 듣고 있던 무혁은 더 이상 참지 못하고
웃음을 터뜨렸다.

[하하하하하.]

니콜도 웃었다.

[호호호호!]

세바스찬도 웃었다.

[크크크크크!]

그러나 로미는 웃지 못했다.

[왜 웃어욧! 모두 미워할 거야. 삐뚤어질 거야!]

멀리서 헬리콥터 소리가 들려왔다.

투투투투투투!

세바스찬이 말했다.

[올리비아 씨가 헬리콥터가 곧 도착할 거래.]

[소리 들린다. 너희의 위치는?]

니콜이 대답했다.

[우리는 마을 북쪽 7㎞ 지점이에요.]

[좋아. 그 자리에서 대기해. 괜히 왔다가 군인들이 깨어나
면 골치 아파진다. 우린 헬기편으로 이동할게.]

드디어 헬리콥터가 모습을 드러냈다.

무혁 자신은 몰라도 두 여인을 위해 옥상을 치울 필요가 있었다.

무혁은 죽고 기절해 있는 군인들을 모조리 땅으로 던져 버렸다.

시체와 기절한 인간을 던지면서도 무혁의 표정은 담담하기만 했다.

양심의 가책 따위를 느끼기에는 살아났다는 희열이 너무 컸다.

투투투투투투!

옥상을 치우자 기다렸다는 듯 헬리콥터가 도착했다.

부조정석에 타고 있던 백인 남자가 헬리콥터에서 뛰어내리더니 무혁에게 다가와 방정맞게 고함을 질렀다.

"와우~! 직접 보고도 믿지 못할 대단한 광경이군요."

"……."

"하하하하, 문무혁 씨시죠?"

"그렇습니다."

"전 토마스라고 부르십시오. 어떤 대단한 양반이기에 르완다 정부군 소속의 헬기를 빌리고 또 콩고로 날려 보낼 수 있나 했더니… 이런 희귀한 구경을 다 합니다그려."

아마도 토마스란 남자는 CIA나 그에 준하는 정보기관의 요원쯤으로 보였다.

무혁은 토마스와 더 이상 말을 섞고 싶은 생각이 없었다.

"여기서 토크쇼라도 할 생각이 아니라면 얼른 떠나죠. 저 인간들이 슬슬 깨어날 때가 됐습니다."

"그래야죠. 하하하, 제가 원래 호기심이 많습니다. 덕분에 랭리에서 르완다까지 좌천되고 말았지만 말입니다."

토마스에게서 김 사장의 향기가 났다.

'김 사장은 잘 지내고 있는지…….'

최근 한 달 동안 생텀의 해모수 팀과 생연 사이에 전통문이 오가지 못하고 있었다.

생텀 코퍼레이션 측은 단지 기술적인 문제라고 설명했지만 걱정이 되는 것도 사실이다.

'돌아가면 연락을 해봐야겠어.'

세 사람이 탑승하자 헬리콥터가 떠올랐다.

상공에서 보니 토마스의 말마따나 마을 회관을 중심으로 1,500명의 군인이 쓰러져 있는 모습이 장관은 장관이었다.

제30장

삼손

Sanctum

세바스찬, 로미, 니콜과 합류한 무혁은 레인지로버를 버리고 수송기와 합류하기로 한 랑데부 지점까지 헬리콥터 편으로 이동하기로 결정했다.

그리고 헬기가 이륙하자마자 그 결정을 후회했다.

토마스는 확실히 말이 많았다.

그는 속사포처럼 무혁과 일행의 정체에 대해 질문을 던졌고 사뿐히 무시당했다.

"정보를 다루는 분치고는 확실히 말이 많으시군요."

"하하하, 천성이랍니다. 그런데 말입니다, 어떻게 세 분이 살아남은 겁니까?"

"……."

"설마 그 검으로 처리하시지는 않았겠죠?"

"……."

"확실히 목이 잘린 시체가 꽤 많았던 기억이 납니다."

"……."

왜 토마스의 상사가 그를 르완다에 던져 버렸는지 이해가
됐다.

"그래서……."

"그러니까……."

"왜……."

"어째서……."

"어떻게……."

부키마 마을로 다시 돌아가는 편이 낫다 싶을 만큼의 언어
공격을 견디다 못해 진지하게 토마스를 헬리콥터 밖으로 차
버릴까 고민하고 있을 무렵, 헬리콥터가 바레카 마을에 도착
했다.

조금 전 자신이 죽을 뻔했다는 사실을 까마득하게 모르는
토마스는 일행을 내려주고 인사를 청했다.

"또 봅시다."

"또 볼 일이 있을까요?"

"하하하하, 사람 일은 모르는 법 아닙니까."

"……."

"다음에는 꼭 오늘의 무용담을 들려주십시오. 그럼 갑니다."

마지막까지 시끄러운 사람이다.

*　　*　　*

수송기는 오선아 박사의 요구로 나이로비로 향했다.

"저희와 함께 한국으로 돌아가시지요."

"제가 한국에 가서 할 일이 뭐가 있겠어요. 내 할 일은 바로 여기 아프리카에 있어요."

"김 박사님이 서운해하실 겁니다."

"호호호호, 제가 사랑한다고 전해주세요."

"직접 전화하시면 되잖습니까."

"사랑에는 여러 가지 방법이 있답니다. 안 그래요? 로미 씨?"

갑작스런 공격을 받은 로미의 얼굴이 홍시처럼 붉어졌다.

"네? 네……."

"호호호호."

무혁은 스마트폰을 꺼냈다.

"그래도 사진 한 장쯤은 보여 드려야 김 박사님이 안심하실 겁니다."

오선아 박사가 호탕하게 웃으며 말했다.

"호호호호, 그러든지요. 소피아, 이리 와."

"저두요?"

"당연하지. 넌 내 배 아파 낳은 딸은 아니지만 가슴으로 낳은 딸이야, 딸."

"…박사님……."

"이번 에볼라 출혈열이 잠잠해지면 한국으로 가서 정식으로 입양 절차를 밟을 거야."

뜻밖의 말이었는지 소피아가 눈물을 터뜨렸다.

"박사님… 흐흐흐흑~!"

"울기는 왜 울어? 아빠에게 보여주는 첫 사진이 울보로 나오겠다."

"박사님도……."

좋은 모습이다.

행복한 모습이다.

무혁은 진심으로 오선아 박사를 존경하게 되었다.

'나도 저런 사람이 될 수 있을까?

그럴 수 있을 것이다. 아니, 그래야 한다.

무혁은 소리쳤다.

"자~ 찍습니다."

찰칵!

찰칵!

"잘 나왔나 봐요. 이래 봬도 나도 여자랍니다."

"크크크크."

무혁은 스마트폰을 오선아 박사에게 넘겨주었다.

"잘나왔네요. 요즘 스마트폰은 옛날 카메라보다 더 좋은 것 같아. 응?"

손가락을 사진을 넘기던 오선아 박사가 무혁을 불렀다.

"이 남자 사진이 왜 여기 있는 거죠?"

"누구 말입니까?"

"이 남자요."

오선아 박사의 손가락이 가리키고 있는 것은 무혁이 찍어 둔 투날의 여권 사진이었다.

"이 남자를 아십니까?"

"알다마다요. 투날 바쉬르잖아요. 팔레스타인 가자지구의 암전문의예요."

"…이집트가 아니구요?"

무혁은 투날 바쉬르의 여권을 보여주었다.

여권을 확인한 오선아 박사는 고개를 흔들었다.

"내가 투날을 잘못 볼 리 없어요. 여권은 위조일 거예요.

혹은 투날이 국적을 바꿨을 수도 있겠죠. 하지만 이 남자의 팔레스타인에 대한 자긍심을 고려하면 후자는 있을 수 없는 일이에요."

오선아 박사는 투날을 가자지구에서 만났고, 그가 뛰어난 의사였을 뿐만 아니라 환자를 사랑하는 훌륭한 의사이기도 했다고 설명했다.

"팔레스타인, 가자지구, 투날… 그리고……."

머리카락!

무혁은 잡힐 듯 잡히지 않는 어떤 단서를 찾아 기억을 더듬었다.

'어디선가 본 적이 있어. 이 조합을 본 적이 있다고!'

로미가 가져다준 커피 한 잔이 기억을 되살리는 데 도움이 되었다.

"기억났어."

"뭐가?"

"이 머리카락의 주인."

"누군데?"

"삼손(Samson)이야."

"삼손? 그게 누군데?"

하긴 세바스찬이 삼손의 정체를 알 리 없다.

물론 오선아 박사와 소피아, 니콜은 삼손에 대해 알고 있었다.

오선아 박사가 세바스찬과 로미에게 삼손에 대해 이야기해주었다.

"구약성경의 사사기(Judges) 13장에서 16장에 등장하는 인물의 이름이 삼손이에요. 삼손은 사자를 맨손으로 찢어 죽일 정도로 힘이 쎘다고 해요. 그리고 그 힘의 원천이 바로 머리카락이죠. 머리카락을 자르면 힘이 없어진다는 의미죠."

설명을 마친 오선아 박사가 무혁에게 물었다.

"삼손과 머리카락과의 연관성은 알겠는데 가자지구하고는 무슨 상관이죠?"

"사사기의 사사는 성경이 잘못 번역된 대표적인 예죠. 사사기(士師記)의 사사란 재판관을 의미지만 성경 속에서 사사는 군사지도자나 해방자와 비슷한 의미로 쓰이거든요. 하여튼 삼손은 태어나자마자 천사가 부모에게 나타나 그를 신에게 바치라고 명령해요. 당연히 부모는 천사의 말을 따릅니다."

신에게 바쳐진 삼손은 사사로서 머리카락을 자르지 않아야 했고, 술도 마시지 않아야 했고, 죽은 것에 손을 대서도 안 됐다.

성인이 된 삼손은 이스라엘 여성이 아니라 다곤(Dagon)신을 믿는 이교도인 블레셋 여성 데릴라(Dalila)를 아내로 택함으로써 신 대신 욕망을 선택하고 만다.

삼손은 데릴라와의 결혼식에 가는 도중 만난 사자를 찢어 죽인다. 그러자 그 사자의 시체에 꿀벌들이 모여 벌집을 지었다.

그 모습을 지켜본 삼손은 결혼식 피로연에서 블레셋인들에게 한 가지 수수께끼를 낸다.

"먹은 자에게서 먹을 것이 나오고 강한 자에게서 단 것이 나오는 것은 뭔가? 도저히 답을 알 수 없었던 블레셋인들은 데릴라를 회유해 삼손에게 답을 알아내도록 사주합니다. 다음 날 블레셋인들이 답을 말하자 진노한 삼손은 맨손으로 30명을 때려죽인 뒤 블레셋인들의 밭을 모두 태워 버리고 블레셋인들의 도시인 가자(Gaza)의 거대한 성문을 부숴 버리죠."

"아! 투날이 태어난 장소가 가자였죠."

"그렇습니다. 바로 그 가자죠."

"하지만 삼손이 어디서 죽었는지 모르잖아요."

"이야기는 여기서부터 재미있어집니다. 졸지에 횡액을 당한 블레셋인들은 복수를 하기 위해 삼손의 약점을 찾기 시작합니다. 역시 데릴라를 통해서 말입니다."

데릴라는 눈물과 애교와 아양으로 삼손의 약점을 알아낸다.

삼손의 약점은 태어난 후 한 번도 자르지 않아 사자의 갈기처럼 탐스럽게 자란 머리카락이었다.

데릴라는 삼손이 무릎에서 잠든 틈을 타 머리카락을 잘라 버린다.

힘이 사라진 삼손은 이빨, 발톱이 모두 빠진 호랑이나 다름 없었다.

블레셋인들은 삼손의 눈을 멀게 한 다음 멍에를 씌워 소 대신 방아를 돌리게 했다.

삼손은 블레셋인들의 놀림감이 되고 말았다.

"그러나 머리카락은 다시 자라나는 법이죠. 그 사실을 간과한 블레셋인들은 다곤 신전으로 삼손을 데려가 조롱했습니다. 삼손은 신전의 기둥을 뽑아내는 괴력을 발휘했습니다. 신전은 무너졌고 수없이 많은 블레셋인이 죽었고 삼손 자신도 그 더미에 깔려 목숨을 잃고 말았죠."

"삼손의 시체가 있는 장소는 신전이군요."

"그렇습니다. 난 투날이 어떤 기회에 그 신전을 발견했고 머리카락을 입수했다고 생각합니다. 그래서……."

무혁은 일행을 바라보았다.

"우리는 이제 가자로 갑니다."

"좋아."

"좋아요."

세바스찬과 로미는 찬성했다.

그러나 니콜은 달랐다.

"반대예요. 지금 가자지구는 이스라엘로부터 무차별 공격을 받고 있는 전쟁터라구요."

무혁은 니콜의 의견을 묵살했다.

"그래도 가야 해. 지금까지 우리는 일방적으로 공격을 당했어. 이제 겨우 한 가지 단서를 찾았고 난 그 단서를 반격의 단초로 삼을 거야."

"하지만 들어갈 방법이 없어요. 알다시피 이스라엘은 가자지구의 봉쇄를 위해 지역 전체를 높이 8m의 콘크리트 장벽으로 둘러싼 상태예요. 지중해 쪽 바다도 해변에서 11㎞만 벗어나면 이스라엘 해군에 의해 함포 공격을 받는다구요."

"있어."

"혹시라도 하늘은 잊으세요. 가자지구는 콩고민주공화국이 아니에요. 이스라엘은 아이언 돔이라는 세계 최고 수준의 방공망을 갖추고 있어요."

"나도 알아. 아이언 돔은 1m짜리 소형 로켓도 격추할 만큼 뛰어난 방공망이지. 그런데 난 하늘로 갈 생각이 없어. 오히려 그 반대지."

"…그럼 도대체 어떻게 들어간단 말이죠?"

"가보면 알아."

무혁의 의지는 확고했다.

니콜은 그래도 포기하지 않았다.

"올리비아 씨가 허락하지 않을 거예요."

"난 생텀 코퍼레이션 직원이 아니야. 그녀의 말을 참고는 하겠지만 따를 의무는 없다구."

"……."

니콜의 말처럼 올리비아는 극렬히 반대했다.

─눈먼 폭탄에 로미와 세바스찬이 다치기라도 하면 어쩌려고 그런 위험한 생각을 한 거죠?

"마냥 당하고 있는 현실이 짜증나서요."

─하지만 너무 위험해요. 제가 다른 방법을 찾아보겠어요.

"아무리 미국이라고 해도 이스라엘 몰래 가자로 들어갈 수는 없어요. 게다가 찾는 물건이 삼손의 시체라는 사실이 알려지기라도 하면 끔찍한 일이 벌어질 겁니다."

─그야…….

"이스라엘의 성격상 가자지구를 쓸어버리는 한이 있더라도 삼손의 시체를 찾으려 하겠죠. 삼손의 시체는 유태인의 믿음에 대한 증명이니까요."

─죽어도 가겠다는 거군요. 방법은 있나요?

"생각해 둔 루트가 있습니다. 오선아 박사님을 나이로비에 내려 드린 후 이집트로 가겠습니다."

─어쩔 수 없군요. 안내자를 수배해 드리죠.

"감사합니다, 올리비아."

─한 가지만은 약속해 줘요. 로미는 절대로 다치면 안 돼
요.

"최선을 다하겠습니다."

─최선만으로는 부족해요. 무조건이에요.

"약속합니다."

제31장

가자지구

Sanctum

6시간 후 이집트의 카이로에 도착한 일행을 기다리고 있는 것은 헬리콥터였다.

일행을 실은 헬리콥터는 이집트 카이로 동쪽 시나이반도의 중심 도시인 이리시로 향했다.

보통의 여행자들은 카이로와 이리시 사이를 운행하는 편도 5시간짜리 정기 버스를 이용하지만 일행은 1시간 만에 이리시에 도착할 수 있었다.

무혁의 최종 목적지는 이집트 시나이반도와 이스라엘 가자지구의 국경도시인 라파(Rafah)다.

원래 이리시에서 라파까지는 수없이 많은 트럭이 오가는 물류의 중심 루트다. 그러나 지금은 이스라엘의 가자지구 봉쇄 정책으로 인해 한 시간에 트럭 한 대도 다니지 않을 만큼 왕래가 드물었다.

"여기서부터가 문제야. 헬리콥터를 이용하기에는 보는 눈이 너무 많거든."

"그럼 어떻게 가려구요."

"올리비아가 차량과 안내인을 준비해 놓았다고 했어. 아~ 저 차인가 보다."

멀리서 흙먼지를 일으키며 낡은 벤츠 한 대가 달려왔다.

벤츠를 운전하는 사람은 무혁도 익히 아는 남자였다.

"여어~! 또 봅니다, 문무혁 씨."

"토마스 씨. 여긴 어떻게……."

"저야 가라면 가고 오라면 오라는 월급쟁이 신세 아닙니까."

"그렇게 말하기에는 르완다에서 이집트는 거리가 상당하죠."

"여러분이 떠나고 몇 시간 있다가 본국의 연락을 받았습니다. 세상에 해군에서 해리어 전투기를 보냈다고 하지 뭡니까. 태어나서 처음으로 전투기를 타서 기분은 좋았지만 한편으로는 여러분의 정체가 다시금 궁금해지더군요."

이 사람의 말에 말리면 안 된다.

토마스의 말빨은 부처님도 돌아앉게 만들 정도로 가공할 만한 위력을 지니고 있다.

"우리 목적지는 라파입니다. 이쪽 사정을 잘 아십니까?"

"입사 후 처음으로 쫓겨난 장소가 이 지역이었지요. 그래서 사정은 빠삭합니다."

"르완다가 첫 번째가 아니었군요?"

"하하하, 제가 조금 자유로운 영혼입니다."

조금이 아니다.

"그런데 무기들은 어떻게 하면 좋겠습니까?"

"대충 트렁크에 던져 두세요."

"이리시에서 라파까지는 검문이 삼엄하다고 들었는데……. 괜찮겠습니까?"

"괜찮습니다, 괜찮아요."

안내자가 괜찮다는데 더 이상 할 말이 없다.

무기를 트렁크에 넣은 일행은 벤츠에 올라탔다.

"차는 역시 벤츠죠. 이놈도 공장에서 굴러 나온 지 30년이 넘었지만 쌩쌩하지 않습니까."

"쌩쌩하다고 하기엔 에어컨이 안 되는군요."

"하하하하, 이 동네에서 쌩쌩한 기준은 굴러가냐 안 굴러가냐 이 두 가지로 결정되지요. 한숨 자두십시오. 1시간 정도

걸릴 겁니다."

"아직 가자지구로 넘어가는 계획에 대해 말씀드리지 않았는데요."

"뻔한 것 아닙니까? 당연히 여기죠, 여기!"

토마스가 손가락으로 땅을 가리켰다.

확실히 토마스는 김 사장을 닮았다.

'어려운 일을 쉽게 여기게 하는 점이 특히 그래.'

무혁이 가자지구로 가는 루트로 고른 방법은 바로 땅굴이다.

이스라엘의 봉쇄 조치에 맞서 하마스는 1,000개가 넘는 땅굴로 대응했다.

이 땅굴을 이용해 운반되는 물자들은 경제가 파탄에 이른 가자지구의 생명줄이나 다름없었다.

"크크크크."

무혁은 웃음을 터뜨리고 말았다. 역시 토마스는 좌천된 요원 따위가 아니었다.

토마스도 따라 웃었다.

"크크크크."

무혁은 모르긴 몰라도 토마스가 생텀 프로젝트의 미국 측 핵심 인물이라고 확신했다.

이리시에서 라파까지 가는 길에는 모두 5군데의 검문소가 있었다.

검문소를 지키는 군인들은 하나같이 토마스를 알고 있었다.

"토마스~! 오랜만이야. 무슨 바람이 불어서 여기까지 왔어?"

"잘 알면서! 이거나 받아."

토마스는 어떤 이에게는 담배를, 어떤 이에게는 돈을 건넸다.

가장 큰 검문소를 지날 때에는 책임자로 보이는 군인에게 아들의 미국 입국 비자를 내주겠다는 약속을 하기도 했다.

"빡빡해 돌아가지 않는 기계에는 기름칠이 최고인 법이죠."

토마스의 말마따나 그것이 세상을 살아가는 이치다.

1시간 후 벤츠는 국경 근처의 한적한 시골 마을에 도착했다.

토마스가 벤츠를 멈춘 장소는 마을에서 약간 떨어진 올리브 농장이었다.

일행이 벤츠에서 내리자 4명의 남자가 다가왔다.

남자들의 손에는 당연하다는 듯 AK-47소총이 들려 있었다.

토마스는 일행에게 짐을 내리도록 한 후 남자들에게 다가갔다.

대화의 분위기는 좋지 않았다.

남자들은 소총을 치켜들고 무어라 소리쳤고 토마스도 지지 않고 삿대질을 해댔다.

그렇게 한참이 흘러서 무혁이 슬슬 걱정을 시작할 무렵 토마스가 돌아왔다.

"젠장! 하여튼 아랍 사람들이란… 인샬라면 다 통한다고 생각하니 가끔은 답답합니다. 물론 제가 인종이나 종교에 차별을 가진 것은 아닙니다. 기본적으로 아랍인들은 유쾌한 민족이거든요."

인샬라는 '알라의 뜻대로' 라는 의미를 가지고 있다.

일의 진행이 어렵거나 약속을 지키기 어려울 때 관용적으로 아랍인들은 인샬라를 외친다.

"최근 이집트 정부에서 대대적으로 조사를 벌여 1,000여 개의 땅굴을 폐쇄했답니다."

"이집트 정부가 말입니까? 같은 동족을 버리고 이스라엘의 편을 들었다? 선뜻 이해가 되지 않는군요."

"최근 이집트 정세는 개판입니다. 오랜 기간 미국의 애완견 노릇을 하던 무바라크가 재스민 혁명으로 추출됐고 무함마드 무르시가 대통령이 됐죠. 그런데 이 무함마드 무르시가 꼴통이었습니다. 파라오 헌법이라고 할 만큼 자신의 권한을 대폭 강화한 새 헌법을 들고 나왔거든요. 보다 못한 군부는 쿠데타로 무르시를 몰아냈습니다. 그리고 군부의 수장이었던 압델 파타 엘시시 원수가 대통령이 됐죠. 엘시시는 친미, 친이스라엘 노선을 공공연하게 표방하고 있습니다. 뭐, 어쩔 수 없는 일이죠. 자신의 권력을 뒷받침해 주는 돈이 미국과 이스라엘에서 나오니까요."

권력자는 친이스라엘 정책을 펼치고 국민은 반이스라엘을 외친다.

'어디서 많이 경험한 장면 같은데?'

세상 어디서나 권력의 속성은 똑같다. 권력자들이 바라는 것은 자신의 안위지 민중의 행복이 아니다.

어쨌거나 땅굴이 폐쇄됐다면 문제다.

"방법이 없습니까?"

"제가 누굽니까? 아랍인의 영원한 친구 토마스 아닙니까. 숨겨놓은 땅굴을 내놓으라고 다그쳤더니 흔쾌히 알려주더군요."

"……"

흔쾌히라는 표현에는 어폐가 있다.

무혁은 토마스가 사내들에게 두툼한 뭉치를 넘겨주는 모

습을 똑똑히 목격했다.

'무슨 상관이야.'

무혁은 일행에게 짐을 챙기게 했다.

터널의 입구는 허름한 창고에 산더미처럼 쌓여 있는 올리브를 치우자 모습을 드러냈다.

토마스가 가방 하나를 내밀었다.

가방 안에는 중국 신화통신 특파원증과 러시아 타스통신 특파원증, 그리고 카메라 몇 개가 들어 있었다.

"중국과 러시아가 팔레스타인에 우호적이라 움직이기 편할 것 같아 준비했습니다."

"감사합니다."

"전 여기까지입니다. 통로를 나가시면 기다리는 사람이 있을 겁니다."

"인상착의는요?"

"그쪽에서 당신들을 알아볼 겁니다."

"또 당신이 나타나는 건 아니겠죠?"

"그럴 리가요. 전 미국인입니다. 팔레스타인 사람들에게 미국인은 악마와 동의어죠."

터널은 사람 한 명이 겨우 허리를 굽히고 지나갈 수 있을 만큼 좁았다.

일행은 그런 터널을 2시간 동안 기다시피 이동해서 가자지구로 진입했다.

출구는 놀랍게도 두 노부부가 살고 있는 평범한 주택의 침실에 놓인 침대 밑이었다.

침대 밑에서 나오는 일행을 보고도 노부부는 눈길 한 번 주지 않았다.

*   *   *

일행을 기다리고 있던 안내자는 30대 초반으로 보이는 히잡과 비슷한 키마르를 머리에 두른 여성이었다.

"문무혁 씨?"

"그렇습니다."

"전 위다드 마샬이에요. 토마스에게 당신들을 안내해 달라는 부탁을 받았어요."

"잘 부탁드립니다."

"일단 여러분의 외모가 너무 눈에 띄니 이걸 두르세요."

위다드는 몇 장의 천을 내밀었다.

남자들이 머리에 쓰고 얼굴까지 가리는 에갈(Egal)과 위다드가 두르고 있는 것과 같은 여성용 두건인 키마르다.

대충 얼굴을 가린 일행은 특파원증을 가슴에 차고 카메라를 들었다.

위장을 마치자 위다드가 감상을 말했다.

"이 세 사람과 달리 당신은 잘 어울리는군요."

무혁에게 한 말이다.

로미가 웃었다.

"원래 기자였거든요."

"그렇군요. 이제 당분간 지낼 숙소로 이동할 겁니다. 이런 저런 모습을 보게 되겠지만 못 본 척할 것을 권해 드립니다."

"……."

거리로 나가자마자 무혁은 위다드가 왜 그런 말을 했는지 알 수 있었다.

폭격에 무너져 내린 건물.

타버린 자동차.

축 늘어진 아이를 붙들고 울부짖는 여인.

총을 들고 하늘에 대고 복수를 외치는 남자.

가자지구는 현세의 지옥이었다.

로미는 당장에라도 거리로 달려가고 싶어 했다. 그래서 고통받는 인간과 그 고통을 나누려 했다.

무혁은 그런 로미를 강제로 붙잡을 수밖에 없었다.

위다드가 준비한 도요타 SUV를 타고 도착한 곳은 가자 시 해변에 위치한 알 마쉬탈 호텔이었다.

알 마쉬탈 호텔은 가자 시의 참상과 달리 평화로웠고 또한 풍요로웠다.

"이곳은 외신 기자들이 묵고 있어서 이스라엘 군이 공격을 하지 않아요. 하지만 해변은 그렇지 않아요. 불과 며칠 전 해변에서 놀던 아이 4명이 이스라엘군 군함이 발사한 대포에 맞아 폭사했어요."

"뭐라 드릴 말씀이 없습니다."

"어쩌겠어요. 인샬라라고 자위하는 수밖에요."

"……."

예약해 둔 방에 짐을 풀자 위다드가 앞으로의 일정을 설명해주었다.

"밤에 가자 시를 돌아다니는 건 자살행위예요. 오늘은 쉬시고 내일 아침 이동할 겁니다."

"다곤 신전의 위치를 찾았단 말입니까?"

"그래요. 전 이집트 시나이 대학에서 고대 근동 고고학을 전공했어요. 지금은 가자기술대학에서 학생을 가르치고 있죠. 참고로 가자기술대학은 일주일전 이스라엘 군의 폭격을 당했어요. 모두 14명의 학생이 죽었고 그중에는 제 제자 2명도 포함되어 있어요."

참혹한 상황을 설명하면서도 위다드는 담담했다.

그 모습은 마치 지구 반대편에서 일어난 교통사고를 뉴스에서 접한 인간의 반응처럼 보였다.

"한 가지만 물어봐도 되겠습니까?"

"그렇게 하세요."

"이런 상황인데 당신은 왜 미국에 도움을 주는 겁니까?"

위다드는 그렇게 당연한 질문을 왜 던지는지 모르겠다는 표정으로 대답했다.

"당신들을 안내해 주면 토마스가 의약품을 주겠다고 약속했으니까요."

"……"

"더 질문할 것 없으면 전 가겠어요. 내일 아침 7시에 데리러 오겠습니다."

위다드가 떠났다.

무혁은 로미와 세바스찬과 니콜을 바라보았다.

로미는 기도를 올리기 시작했고 세바스찬은 굳은 표정으로 거리를 내려다보았다.

니콜은 상당히 당황한 것 같았다.

"술이나 한잔해야겠어요."

"나도 한 잔 줘."

"나도……"

니콜과 무혁과 세바스찬은 말없이 술을 마시기 시작했다.

그렇게 두 병의 위스키를 비운 후 세바스찬이 가자 시내를 배경으로 지는 태양을 가리키며 말했다.

"어느 전장이었는지 기억은 가물가물하지만 하루 종일 칼질을 하고 나서 본 하늘이 저랬어. 빌어먹을 만큼 아름다웠다이 말이야."

세바스찬의 말처럼 붉은 노을이 지배하는 가자는 아름다웠다.

'빌어먹을 만큼……'

기도하는 로미를 보고 있자니 자연스럽게 유리아 여신이 생각났다.

유리아 여신이라면 어떤 유명한 신처럼 이런 참혹한 현실에 눈을 감지 않을 것 같았다.

'팔레스타인인이 믿는 신과 유대인이 믿는 신은 같아. 그래서 어느 쪽 편을 들어줄 수 없는지도 모르지.'

그렇다면 비겁하다.

비겁한 신이다.

신은 자고로 전지전능해야 한다.

그러나 편을 들어주는 행위 자체가 전지전능의 속성에 위반된다.

'그렇다고 내게 무슨 뾰쪽한 방법이 있는 것도 아니잖아. 2,000년 넘게 서로 죽이고 죽이며 쌓아 올린 원한의 바벨탑을 나 혼자 무너뜨릴 수는 없다구.'

무혁은 답답한 마음을 독한 술로 진정시킬 수밖에 없었다.

다음 날 아침 위다드는 일행을 가자 시 중심가의 한 건물로 데려갔다.

건물 입구에는 총을 든 군인들이 삼엄한 경계를 서고 있었다.

"여긴 어딥니까?"

"가자지구 자치 정부 임시 청사예요."

"여길 왜?"

"이곳에 여러분이 다곤의 신전으로 들어갈 수 있는 권한을 줄 수 있는 분이 계세요."

그런 권한을 줄 수 있는 사람은 단 한 명뿐이다.

'설마…….'

예상은 맞았다.

건물 안으로 들어가 잠시 대기하자 초로의 남자가 나타났다.

남자는 손을 내밀며 악수를 청했다.

"칼레드 마샬입니다."

"…문무혁입니다. 당신이 하마스의 지도자이시군요."

"지도자라기보다는 선생이란 표현이 맞을 겁니다. 시간이 없으니 바로 본론으로 들어가죠. 딸의 말에 의하면 당신들은 다곤 신전에서 무언가를 찾을 계획이라고 하더군요. 맞습니까?"

"…딸이라고 하셨습니까?"

"그렇습니다. 위다드는 제 딸입니다. 무슨 문제라도 있습니까?"

"아~ 아닙니다. 말씀하신 것처럼 저희는 찾는 것이 있습니다. 최근 아프리카 전역에 발생하고 있는 희귀한 질병의 원인이자 해결책이라고 짐작되는 물건입니다."

"다곤 신전과 아프리카의 희귀한 질병이라……. 쉽게 매치가 되지 않는군요. 무엇보다 다곤 신전은 철저하게 보호되고 있어 제 명령이 아니면 그 누구도 들어갈 수 없습니다."

"하지만 저희가 가진 정보에 의하면 투날 바쉬르란 인물이 다곤 신전에서 어떤 물건을……."

무혁은 잠시 그 상황을 어떻게 표현해야 할지 고민했다.

선택할 수 있는 어휘는 한 가지뿐이었다.

"훔쳤습니다."

침착했던 칼레드의 표정이 변했다.

"투날 바쉬르라고 했습니까?"

"그렇습니다. 이곳에서 꽤 유명한 의사였다고 하더군요."

"아… 그런……."

석상처럼 꼿꼿하게 서 있던 칼레드가 의자에 앉았다.

칼레드는 큰 충격을 받은 것 같았다.

한참 동안 손가락으로 관자놀이를 누르면 무언가를 생각하던 칼레드가 입을 열었다.

"지금부터 하는 이야기는 늙은 노인의 넋두리 정도로 받아주십시오."

"……."

"6년 전 전 투날 바쉬르를 체포해 감옥에 가두었습니다. 그는 100명이 넘은 환자를 독살했습니다."

칼레드의 이야기 속에서 투날의 과거가 낱낱이 드러났다.

"검게 녹은 경비병들의 시체만을 남기고 투날은 연기처럼 사라졌습니다. 어찌어찌 살아남은 사람의 증언이 있었지만 전 무시했습니다. 벽을 뚫고 다니는 괴인의 이야기를 어떻게 믿을 수 있겠습니까."

무혁은 칼레드 못지않은 충격을 받았다.

'검은 괴인은 카이탁이 분명해. 비어 있던 연결고리가 드디어 맞춰졌어. 그러나……'

그렇다고 칼레드의 말에 동의할 수는 없다.

무혁은 얼른 이야기를 만들어냈다.

"이제 저희가 찾는 물건에 대해 말씀드려야겠군요. 그 물건은 일종의 약물입니다. 이 약물에 중독되면 환자는 먼저 악몽 같은 환상을 경험하게 되고 불특정 다수에게 폭력을 휘두릅니다. 그리고 중독 증세가 심해지면 온몸이 썩어 녹아내립니다."

"그렇군요. 제가 보고받았던 내용과 꽤 일치합니다. 그런데 혹시나 전염이 되는 약물입니까?"

"솔직히 아직 모릅니다. 인체에 들어가면 급격하게 변이를 일으켜서요. 그래서 변이되지 않은 약물을 찾기 위해 저희가 온 것입니다."

"미국이 왜 저희에게 손을 내밀었는지 이제야 알았습니다. 이번 기회에 미국에게 한 가지 빚을 지워두는 일도 나쁘지는 않겠죠. 전폭적으로 협조하겠습니다."

전폭적인 협조는 절대로 좋지 않다.

"훈련되지 않는 사람이 약물에 접촉되면 자칫 참사가 벌어질 수도 있습니다. 다곤 신전에는 저희만 들어가는 편이 좋겠습니다."

"그렇겠군요. 알았습니다. 위다드, 이분들을 신전으로 안내해 드리거라."

"그렇게 하겠습니다, 아버지."

일행은 칼레드에게 인사를 하고 건물을 빠져나왔다.

창문으로 무혁 일행이 떠나는 모습을 본 칼레드는 부하를 불렀다.

"저들을 철저히 감시해. 그리고 신전에서 무언가 찾아내면 나에게 연락하고."

"명령대로 하겠습니다."

부하가 나가자 칼레드는 양탄자를 깔고 메카를 향해 절을 하기 시작했다.

"알라시여, 이제야 신의 뜻을 알겠나이다. 신께서 준비해 주신 약물로 저 더러운 이스라엘 돼지들에게 신의 위대함을 알려주겠나이다. 인샬라."

칼레드는 4명의 아들과 1명의 딸이 있다.

그중 4명의 아들이 모두 이스라엘의 손에 죽었다.

그에게 이스라엘은 절대로 한 하늘을 이고는 살 수 없는 악 그 자체였다.

제32장

다곤 신전

다곤 신전은 놀랍게도 가자지구에서 가장 유서 깊은 지역
인 자이툰 구역에 위치한 그리스정교 예배당인 성 포르피리
오스 교회 아래 존재했다.

무혁은 바로 옆에 자리한 월라야 모스크가 이스라엘 군의
폭격을 받아 무너진 모습과 멀쩡한 성 프르피리오스 교회를
대비해 보고 나서 깊은 감명을 받았다.

"이스라엘에게 공격을 받고 있으면서도 이 교회는 멀쩡하
네요."

"당연하죠. 기독교인은 무슬림의 적이 아니에요. 가자지구

에는 그리스 정교회와 가톨릭과 개신교를 포함해 불과 1,400명
의 기독교인이 살고 있어요. 이 숫자는 180만 명에 달하는 가자
지구 전체 인구의 0.1퍼센트에 불과해요. 하지만 407년에 세워
진 이 성 포르피리오스 교회는 역사 이래로 단 한 번도 무슬림
의 공격을 받은 적이 없었어요. 지금도 보세요. 모스크를 잃은
무슬림들이 이 성 포르피리오스 교회에서 기도를 드리고 있잖
아요."

위다드의 말처럼 무슬림들이 교회에서 기도를 드리고 있
는 모습은 한편으로 놀라웠고 한편으로는 거룩하기까지 했
다.

"여기 있는 사람들은 정말로 이스라엘을 증오하겠군요."

위다드는 무혁의 질문에 대답하지 않고 오히려 질문을 던
져 왔다.

"혹시 무슬림 아이들의 이름 중에 4퍼센트를 차지하는 이
름이 뭔 줄 아세요?"

"모르겠습니다."

"바로 예수예요."

"……."

"기본적으로 무슬림들은 기독교를 배척하지 않아요. 야훼
와 알라는 동일한 신의 두 가지 이름이란 사실을 알고 있거든
요. 그러나 유태인들은 우리와 다르게 생각해요. 유태인들은

야훼와 알라를 믿는 모든 사람을 비웃어요. 자신들의 신을 빌려 믿는 하등한 종족이라고 말이죠."

무혁은 위다드의 말을 대한민국의 일부 대형 교회 목사들에게 들려주고 싶었다.

한국 교회의 이스라엘 사랑은 놀라울 정도다.

초기 이스라엘에 키부츠라는 협동농장이 생겼을 때 한국 교회의 많은 신자가 그곳에서 자발적으로 일을 했을 정도였고, 탈무드가 필독서로 선정되기도 했다.

유태인의 우수성을 설파하는 목사 또한 부지기수다.

'웃기는 일이지. 키부츠는 말 그대로 협동농장이야. 키부츠는 교회가 그렇게 싫어하는 북한의 협동농장과 다를 것이 없어. 공동 생산과 공동 분배가 공산주의 아니면 뭐냐구.'

보면 볼수록, 생각하면 생각할수록 웃음만 나오는 작태다.

무혁은 현실에 집중하기로 했다.

"입구를 알려주십시오."

"따라오세요."

위다드는 일행을 성 포르피리오스 교회의 뒤편 담장과 붙어 있는 건물로 안내했다.

"이 건물의 신축 공사 과정에서 암굴이 발견됐어요. 암굴은 성 포르피리오스 교회 아래로 이어져 있었죠. 조사 결과 성 포르피리오스 교회 지하에 거대한 신전 유적이 있다는 사

실이 밝혀졌어요. 중앙신전은 완전히 붕괴됐지만 주변 건물
은 흙더미에 매몰된 채 2,000년 이상의 장구한 세월을 버텨온
거죠."

"……."

세계를 발칵 뒤집을 위대한 발견이다.

하지만 이 사실이 외부로 알려지면 이스라엘의 침공은 불
을 보듯 뻔하다.

건물 지하에 위치한 터널 입구는 허름한 나무 문에 의해 막
혀 있었다.

위다드는 문을 지키고 있던 두 명의 병사를 지하실에서 나
가게 한 다음 무혁을 바라보았다.

"당신들이 무엇을 찾는지 전 몰라요. 하지만 그것을 찾는
건 어려울 거예요. 주신전 건물은 무너졌고 주변 건물은 하마
스에 의해 오래전부터 감옥으로 사용되었기 때문이죠."

"그래도 가야 합니다. 수없이 많은 사람을 위해서……."

"그럼 좋은 성과가 있기를 바라요. 그래야 나도 토마스에
게 더 많은 의약품을 타낼 수 있을 테니까요."

삐이이격!

나무 문이 열리자 위다드는 문 옆의 스위치를 올렸다.

"주변 건물에는 전등들이 설치되어 있어요. 이스라엘의 폭

격 때문에 언제 끊길지는 모르겠지만요. 그럼 행운을 빌어요."

위다드가 빌어준 행운이 진정으로 필요했다.

일행은 터널로 진입했다.

터널은 무른 사암을 깎아 만든 암굴이었다.

20여 미터 간격으로 설치된 백열등 덕분에 일행은 그리 어렵지 않게 지하로 내려갈 수 있었다.

지하를 향해 약 15도 정도로 나 있는 암굴을 100여 미터 정도 이동하자 다시 나무 문이 나타났다.

문은 잠겨 있지 않았다.

삐이이걱!

문이 열리자 하마스의 수고를 보여주는 작은 지하 공간이 모습을 드러냈다.

공건의 전면은 아직 발굴이 되지 않은 신전의 폐허가 있었고 우측과 좌측으로는 정방형의 동굴이 뚫려 있었다.

'이곳이 감옥으로 쓴다는 장소인가 보군.'

감옥보다 먼저 무혁의 시신을 사로잡은 것은 바닥에 덩그러니 놓여 있는 전장 10m에 달하는 거대한 석상이었다.

석상은 구레나룻과 수염이 더부룩한 중년 남자가 머리에서부터 등을 거쳐 다리까지 내려오는 비늘이 선명한 거대한 물고기를 뒤집어쓰고 있는 형상이었다.

남자는 오른손은 옆구리에 붙여 앞으로 내밀고 있었고, 왼손은 아래로 뻗어 내려 바구니 비슷한 형상의 물체를 들고 있었다.

이 신전의 주인이었을 다곤의 석상이 분명했다.

석상은 아름다웠지만 한 가지 아쉬운 점도 있었다.

다곤 석상은 넘어진 상태로 세 조각으로 분리되어 있었다.

세바스찬이 소감을 피력했다.

"멋지긴 하지만 확실히 세공 기술은 생텀에 비할 바가 못 돼."

로미도 맞장구쳤다.

"오빠에게 유리아단테 교국의 대신전을 보여주고 싶어요. 드워프들이 수백 년에 걸쳐 심혈을 기울여 조각한 여신상과 여신을 따르는 천사상들의 모습은 보는 이로 하여금 저절로 경외심이 들게 하거든요."

공감할 수 없었다.

그래서인지 무혁의 다음 말은 퉁명스럽게 들렸다.

"난 돌을 믿는 사람이 아냐. 그 돌이 아무리 멋진 세공이 되어 있다고 해도 말이야."

로미가 즉각 반박했다.

"우리도 돌을 믿는 게 아니에요. 돌에 깃든 여신님의 실체를 목도하는 거죠."

"여신의 실체? 석상이 움직이기라도 한단 말인가?"

"당연하죠. 새로운 성녀의 즉위식이 열리는 날 밤 12시가 되면 저 석상보다 두 배는 큰 아름다운 순백의 여신상이 축하의 춤을 춘다고 해요. 경배하는 천사들이 그 주변을 맴돌고요."

"너도 직접 보진 않았잖아."

"오빠 말처럼 난 그 장면을 볼 행운을 가지지 못했어요. 하지만 현 성녀님의 즉위식 당시 수백만 명의 신도가 그 장면을 목격했어요. 유리아단테 교국 사람들은 모두 알고 있는 사실이에요."

"뭐… 사실이겠지. 너와 세바스찬의 존재부터가 지구의 상식으로는 이해할 수 없는 현상이니 말이야."

신을 믿는 로미를 무신론자인 무혁이 논리로 이길 수 있는 방법은 없다.

무혁은 현실에 집중하기로 했다.

"로미, 머리카락을 찾을 수 있겠어?"

"잠시만요. 기도부터 할게요."

기도를 마친 로미가 폐허 중앙을 가리켰다.

"저곳이에요. 엄청난 신성력이에요."

"다행히 전부 가져가지는 않았나 보네. 다행이라고 생각하자."

대화를 마친 무혁은 본격적인 수색에 들어갔다.

몇 톤이나 되는 무너진 신전의 폐허를 일일이 들추어낸 후 파 들어가야 하니 절대로 쉬운 일은 아니었다.

그러나 무혁에게는 만능 마당쇠이자 오러의 소유자 세바스찬이 있었다.

"이 정도야 껌이지. 안 그래?"

"껌이 쉽다는 의미라면! 맞아!"

무혁과 세바스찬은 바스타드 소드에 오러를 덧씌운 다음 신전 폐허 더미에 통로를 만들기 시작했다.

무혁은 통로 개척에 최소한 3~4일이 걸릴 것이라고 예상했다.

하지만 그 예상은 좋은 의미로 반나절 만에 빗나갔다.

3m 정도 폐허를 파 들어가자 매끈한 원형 동굴이 모습을 드러냈다.

"인간이 손을 댄 흔적이야. 아마도……."

"카이탁이겠지."

통로는 이미 길을 알고 있는 것처럼 신전 폐허 중앙을 향해 일직선으로 뚫려 있었다.

* * *

디바인 마크로 이용되는 지구의 성물에는 하나의 제약이 있다.

언제 어디서나 동일한 신성력을 발휘하는 생텀의 성물과는 달리 지구의 성물은 원래의 위치를 떠나면 급격하게 신성력이 저하된다.

때문에 카이탁은 머리카락이 필요할 때마다 다곤 신전을 찾곤 했다.

무혁 일행이 지하로 들어올 때도 카이탁은 지하에 있었다.

다행인지 불행인지 무혁 일행을 먼저 발견한 카이탁은 대경실색해 지상으로 도망치듯 빠져나왔다.

로미와 세바스찬의 조합은 카이탁이 도저히 넘어설 수 없는 철벽과 같았다.

"유리아의 창녀가 어떻게 여길……."

그래도 패밀리어로 쥐 한 마리를 남겨두어 상황을 살필 수 있었다.

로미 일행은 분명히 삼손의 머리카락을 찾고 있었고 그리 어렵지 않게 찾아냈다.

아무리 카이탁이라고 해도 다른 신의 속성이 발현된 성물의 존재를 인지할 능력은 없다.

그런데 로미는 잘도 찾아낸다.

분통이 터졌다.

삼손의 머리카락도 머리카락이지만 무혁 일행이 이곳에 나타났다는 사실은 곧 아프리카에 보냈던 투날과 또 다른 제자 한 명이 저들의 손에 당했다는 사실을 말해준다.

"모두가 저 더러운 유리아의 창녀 때문이야."

강한 신성력을 담은 성물을 찾아 지구인 절반이 믿는 종교의 성지인 예루살렘으로 왔고 우연히 투날을 만났다.

그리고 투날이 제공한 정보에 따라 고대 영웅인 삼손의 머리카락을 찾아냈다.

삼손의 머리카락은 강력한 신성력을 가지고 있어 상당한 수준의 실험을 진행할 수 있었다.

"그러나 아직은 부족해."

최후의 목적을 위한 실험을 실행에 옮기기 위해서는 더 강력한 신성력을 가진 성물이 필요했다.

카이탁은 목적에 걸맞은 성물의 대략적인 위치를 찾아낸 상태였다.

하지만 그의 능력으로는 그 성물의 정확한 위치를 찾을 수 없었다.

패밀리어가 무혁과 일행이 자신이 뚫어놓은 통로를 통해 신전 중앙으로 걸어가고 있는 모습을 보여주었다.

"그래, 너희라면 찾을 수 있을 거야. 좋아~ 아주 좋아! 하

지만 그전에 남은 머리카락은 써버려야겠지? 자, 다들 힘내라 구. 켈켈켈켈켈!'

한참 동안 숨이 넘어가게 웃어젖히던 카이탁은 손을 저어 패밀리어 마법을 해제했다.

가자 지구 북쪽 장벽과 가장 인접해 있는 이스라엘 도시는 아슈켈른 시로 약 4만 명의 민간인과 1만 명의 이스라엘 육군 12기계화여단이 주둔하고 있는 거점 도시다.

아슈켈튼 시의 유일한 수원지는 시의 북쪽에 자리 잡은 나하이 아브타흐 저수지로 하마스의 테러에 대비해 항상 삼엄한 경계가 이뤄지고 있었다.

그러나 오늘 밤은 달랐다.

경계를 서고 있던 이스라엘 군인 12명은 카이탁에 의해 한 줌의 검은 액체로 변해 버렸다.

카이탁은 허공에 손을 저었다.

놀랍게도 그 손가락의 움직임을 따라 저수지 수면 위에 마법진이 그려졌다.

"인간은 악하지. 너무도 악해서 본능이 갇혀 있는 장벽에 조그만 흠만 내도 금방 무너져 내리려고 말아. 끌끌끌끌."

마법진이 완성되자 카이탁은 공단 주머니에 담긴 머리카락을 그 중앙에 던져 넣었다.

스으으윽~!

공단 주머니는 마법진에 닿자마자 그대로 녹아 검은 연기로 변했다. 그리고 그것도 잠시, 그대로 저수지로 스며들어 사라졌다.

연기가 사라지자 카이탁은 품에서 양피지 두루마리를 꺼내 저수지로 던졌다.

"유리아의 창녀여, 부디 이 시험을 통과해 투르칸 님이 내려주신 신탁의 반석이 되도록 해라. 끌끌끌끌. 그건 그렇고 이제 씨는 뿌렸으니 거름을 줘볼까."

카이탁이 거름을 주러 나타난 장소는 12기계화여단의 주둔지, 그것도 여단장인 모티 알모즈 장군의 숙소였다.

잠에 빠진 모티 알모즈 장군을 내려다보며 카이탁은 한 가지 주술을 걸었다.

잠시 후 모티 알모즈 장군은 잠에서 깨어나 여단 전체에 비상을 걸었다.

그가 내린 첫 번째 명령은 샤워를 하고 물을 마시고 연병장에 집합하라였다.

그리고 그가 내린 두 번째 명령은 아슈켈튼 시 전체에 대한 예비군 동원령이었다.

예비군들 역시 샤워를 하고 물을 마신 후 군 연병장에 집합하라는 명령을 받았다.

세계적으로 잘 훈련된 예비군을 자랑하는 이스라엘답게 불과 한 시간 만에 1만 명의 예비군이 12기계화여단 병력 1만 명과 함께 주둔지 연병장에 완전무장한 상태로 집결했다.

　단상에 올라간 모티 아모즈 장군은 소리쳤다.

　"조금 전 나는 하나님의 신탁을 받았다."

　신탁이라는 허황된 말에도 군인들과 예비군들은 웃지 않았다.

　오히려 기이한 열기를 가지고 모티 아모즈의 말에 귀를 기울였다.

　"신탁 내용은 다음과 같다. 저 이교도들의 땅, 성 포르피리오스 교회 지하에 악마 다곤의 신전이 있다. 그리고 바로 그 신전에 나의 종 삼손이 잠들어 있다. 너희는 나의 검이니 이교도들을 절멸시키고 삼손의 유해를 거두어 유대의 영웅으로 세상에 선포하라."

　"할렐루야!"

　"우와~! 할렐루야!!"

　"우와와와! 할렐루야!"

　연병장이 함성으로 가득 찼다.

　모티 아모즈의 눈동자도, 군인들의 눈동자도, 예비군의 눈동자도 붉게 충혈되어 빛나기 시작했다.

그 모습을 지켜보고 있던 카이탁은 탁하게 웃었다.

"이 얼마나 나약하고 불쌍한 인간인가."

이제 쇼를 마무리해야 할 시간이다.

카이탁은 연병장에 환상마법을 걸었다.

눈부신 백광이 연병장을 비추다 사라졌다.

"우와와와! 기적이다!"

"야훼, 야훼가 강림하셨다."

"우리는 성전사다."

"이교도를 죽이자."

"이교도의 간을 씹어 삼키자."

모티 아모즈가 소리쳤다.

"전군! 진군하라! 우리는 언약궤를 메고 예리코 성을 무너뜨린 여호수아의 사제이다. 가자지구에 기생하는 모든 이교도의 배를 가르고 심장을 씹고 풀 한 포기 쥐새끼 한 마리까지 모두 죽여라!"

악의가 아슈켈튼 시를 휘감았다.

12기계화여단의 메르카바 탱크와 병사들이 선두에 섰다.

그 뒤를 예비군들이 뒤따랐다.

그뿐이 아니었다.

예비군들의 뒤에는 예비군으로 소집되는 아버지와 아들과 오빠와 누나를 따라 잠에서 깬 주민들이 있었다.

그들의 손에는 집에 보관하고 있던 총과 칼과 곡괭이와 도
끼와 몽둥이들이 들려 있었다.

고요히 잠들어 있던 아슈켈튼 시가 카이탁 한 명에 의해 광
기에 물든 순간이었다.

*   *   *

찍!

무혁은 뒤를 돌아보며 세바스찬에게 물었다.

"무슨 소리 안 들렸어?"

"쥐새끼 소리야. 어디 돌에라도 깔린 모양이지."

"여기 무너질 돌이 어디 있다고 그래."

"그럼 고양이거나. 아니면 엄마 쥐에게 혼나나 보지. 크크
크크크."

"하여튼 단순해서 인생이 편하긴 하겠다."

"내가 단순한 게 아니라 형이 너무 복잡한 거야."

"말을 말자."

"말을 건 사람은 내가 아니라 형이라고."

"쿵!"

10여 미터를 걸어 들어가자 터널의 끝이 보였다.

터널 끝은 족히 두 사람이 팔을 뻗어야 두를 수 있을 정도

로 굵은 돌기둥 10여 개가 눕고, 얽히고, 꺾여 어지럽게 쌓여 만들어진 공간이었다.

"시체들이야."

"……."

돌기둥 밑에는 어김없다 싶을 정도로 미이라가 된 사람의 시체가 깔려 있었다.

"찾아보자고."

"그런데 어떻게 알아보지?"

"삼손은 눈이 먼 채로 소 대신 방아를 돌렸고 이곳에는 놀림감으로 끌려왔어. 아마도 허름한 옷을 입고 있겠지."

"야~ 형 똑똑하네."

"내가 똑똑한 게 아니라 네가 모자란 거야."

두 사람의 만담은 오래가지 못했다.

안쪽 깊숙한 곳에서 니콜이 무혁을 불렀다.

"이 미이라 같아요."

돌기둥에 다리 부분이 깔려 있는 미이라를 본 순간 무혁은 이 미이라가 삼손이란 사실을 한눈에 알아볼 수 있었다.

우선 주변의 미이라들보다 이 미이라의 신장이 머리 하나가량 컸다.

또한 검고 곱슬곱슬한 머리카락이 절반쯤 잘려 나간 상태였고 걸치고 있는 옷도 다 헤진 삼베옷이었다.

성경 속의 인물을 직접 목격하는 기분은 이루 설명하기 힘들만큼 이상했다.

"…로미?"

"맞아요. 이 사람의 머리카락에서 엄청나게 강한 신성력이 흘러나오고 있어요."

"왜 모두 잘라 가지 않았을까?"

"솔직히 나도 모르겠어요."

"……."

삼손의 시체를 찾겠다는 목적을 달성하고 나니, 다음 일이 막막했다.

혹시나 했던 카이탁의 흔적은 남아 있지 않았고 앞으로 어떻게 일을 진행해야 할지도 갈피가 서지 않았다.

어쨌든 한 가지만은 분명했다.

"머리카락이 남아 있으니 카이탁은 다시 올 거야. 우린 기다렸다가 그를 잡는다."

무혁은 삼손의 머리카락을 모두 수습했다.

이제 삼손의 미이라를 어떻게 처분하느냐만 남았다.

삼손의 미이라는 그 존재 자체로 핵폭탄과 같은 위력을 가지고 있었다.

무혁은 고민 끝에 삼손의 미이라를 그 자리에 그대로 두기로 결정했다.

"이들의 역사에 간섭할 자격이 나에겐 없어. 이제 입구로 이동하자구. 길고 지루한 기다림의 시간이 될 거야."

무혁이 생각한 기다림의 시간은 오지 않았다.

입구에는 10여 명의 팔레스타인인이 총을 겨누고 일행을 기다리고 있었다.

무혁은 그들 중 두 사람의 얼굴을 알아보았다.

한 명은 칼레드였고 또 한 명은 일행을 외면하고 있는 위다드였다.

칼레드가 한발 앞으로 나오며 말했다.

"당신들이 찾은 물건을 주십시오. 그러면 다치는 사람은 없을 겁니다."

"하마스에게 필요한 물건이 아닙니다."

"이 순간에도 우리 팔레스타인인은 우리에 갇힌 가축처럼 도살당하고 있습니다. 유태인들은 저 언덕 위에서 스포츠 중계를 보듯 우리의 죽음을 맥주로 축하합니다. 우리에겐 힘이 필요합니다. 그리고 그 힘은 당신 손에 있습니다."

아차 싶었다.

약품이라고 말하는 것이 실수였다.

"찾은 약품만 넘겨주면 땅굴을 통해 당신들을 이집트까지 안전하게 안내하겠다고 알라의 이름을 걸고 맹세하겠습니다."

"문제는 정말로 저희가 찾은 물건이 약품이 아니라는 점입니다. 믿지 못 하시겠으면 저희 짐을 뒤져 보셔도 됩니다."

"안 그래도 그럴 참입니다. 불상사가 생기지 않도록 반항하지 말아주시길 바랍니다."

"알겠습니다."

무혁과 칼레드의 바람은 세바스찬에 의해 산산이 부서졌다.

세바스찬은 바스타드 소드를 뽑아 들고 로미 앞에 섰다.

"로미 신… 로미의 몸에 손을 대는 자는 목을 벨 것이다."

쓸데없는 순간에 기사의 기질이 튀어나오는 세바스찬이다.

무혁은 세바스찬을 설득했다.

"일을 키우지 마."

"그래도……."

로미도 나섰다.

"오빠, 난 괜찮아요."

결국 세바스찬이 물러서자 무혁은 칼레드에게 말했다.

"얼마든지 뒤져 보십시오."

"그럼……."

칼레드의 명령을 받은 하마스 병사들이 일행에게 다가왔다.

삐리리리.

그때 위다드의 핸드폰이 울렸다.

전화를 받은 위다드의 표정이 변했다.

"네? 네? 설마… 알았어요. 잠시만 기다리세요."

위다드가 전화기를 칼레드에게 넘겼다.

"뭐야? 이런 미친 광신도들! 알았어."

칼레드의 얼굴이 흙빛으로 변했다.

전화를 끊은 칼레드가 무혁에게 다가왔다.

"이스라엘 군이 장벽을 넘어 가자지구로 진입했습니다. 눈에 보이는 모든 민간인을 학살하면서 말입니다. 그들의 목표는 바로 이곳 성 포르피리오스 교회입니다. 그들은 하마스가 유대의 영웅인 삼손의 유해를 더럽히고 있다고 주장하고 있습니다."

"아… 어떻게 그 사실이……."

"그들의 주장이 사실이군요."

"그렇습니다."

칼레드의 손이 허리에 차고 있던 권총으로 향했다.

상황이 심각하게 돌아갔다.

아브라함계 종교의 대표격이라고 할 수 있는 이슬람교와

기독교와 유대교는 한 뿌리에서 나왔지만 다른 길을 가고 있다. 하지만 세 종교가 공통적으로 교감하는 내용이 있으니 바로 구약이다.

즉 삼손의 미이라는 이스라엘과 하마스 모두의 성물인 것이다.

띠리리리.

다시 칼레드의 전화가 울렸다.

"뭐야? 총에 맞아도 안 죽어? 말이 되냐고! 알았어. 전 병력을 집합시켜."

"……."

죽지 않는다?

등골이 오싹해졌다.

무혁은 전화를 끊은 칼레드에게 물었다.

"죽지 않는다는 소리가 무슨 말입니까?"

"이스라엘 군이 총을 맞아도 죽지 않는다는 보고입니다. 헛소리죠. 흥분해서 잘못 봤을 겁니다. 아니면 방탄조끼를 쐈거나 했겠지요. 정말로 심각한 문제는 따로 있습니다. 지금 가자지구로 진입한 건 군인만이 아닙니다. 군인들의 뒤를 따라 아이와 노인과 여자들까지 밀려들어 오고 있답니다."

"……."

전부 미쳤다.

정말로 모두 미쳤다.

'이건 단지 삼손의 미아라 때문이 아니야. 설마~ 카이탁이?'

카이탁이 얽히는 사건은 언제나 설마가 사실로 드러났다.

무혁은 로미를 호출했다.

[아무래도 카이탁의 짓 같아. 로미, 어떻게 생각해?]

[동의해요. 분노의 주술을 걸었다는 생각이 들어요.]

로미도 무혁과 같은 생각이었다.

무혁은 일행 전체에게 명령을 내렸다.

[로미와 니콜은 내가 실드 반지로 보호할 테니 세바스찬은 이들을 처리해.]

[알았어요, 오빠.]

[알았어요.]

[오케이. 그런데 죽여도 돼?]

[죽이지는 마. 하나에 움직여. 셋, 둘, 하나!]

스팟!

스팟!

무혁은 실드 반지를 작동시키며 니콜과 로미를 감쌌다.

부우우웅!

동시에 세바스찬이 번개같이 움직여 하마스 병사들을 제압했다.

퍼퍼퍽!

퍼퍽!

눈 깜짝할 사이에 하마스 병사 10명이 비명조차 지르지 못하고 쓰러졌다.

그 과정에서 단 한 발의 총알도 발사되지 않았을 만큼 완벽한 제압이었다.

"끝!"

하마스 병사 10명을 때려눕힌 세바스찬이 칼레드의 목덜미를 잡고 웃었다.

무혁은 경악을 금치 못하고 있는 칼레드에게 다가갔다.

"놓아드려."

"…어떻게……."

"저에게는 사실을 알려 드릴 권한이 없습니다. 하지만 한 가지 확실한 사실은 우리가 당신의 적이 아니라는 점입니다. 지금 이스라엘 군은 어떤 질병에 걸려 있습니다. 우리가 아프리카에서부터 추적한 질병이죠."

칼레드가 세바스찬을 바라보며 말했다.

"…믿겠습니다. 아니, 믿을 수밖에 없겠지요."

"지금부터 우리는 질병의 원천을 막을 겁니다. 저희를 막으실 겁니까?"

"아닙니다. 인샬라~! 모든 일은 알라의 뜻대로 이뤄질 것입니다."

칼레드가 눈을 감고 기도를 올리기 시작했다.

제33장

이즈라일

아비귀환!

가자지구의 상황을 한마디로 표현하기에 이처럼 정확한 단어는 없었다.

꽝!

메르카바 탱크의 120㎜ MG253 활강포가 발사한 고폭탄이 건물에 명중했다.

놀란 팔레스타인인들이 뛰어나오자 이번에는 그들을 향해 12.7㎜ 중기관총과 FN MAG 7.62㎜ 기관총이 불을 뿜었다.

타타타타탕!

투두두두두두!

후부에 장치된 60㎜ 박격포도 쉬지 않았다.

뻥!

뻥!

60㎜ 박격포탄이 가자 시내 상공에서 터지며 하얀색 연기를 만들어냈다. 이 하얀 연기는 신호탄도 연막탄도 아닌 백린탄이었다.

백린 연기를 뒤집어쓴 팔레스타인인들이 산 채로 타들어갔다.

끝이 아니었다.

악몽은 시작이었다.

이스라엘 사람들은 그렇게 타고 있는 팔레스타인인들을 몽둥이와 곡괭이로 구타했다.

아이도, 노인도, 여자도 그렇게 죽어갔다.

붉게 충혈된 눈을 가진 인간이 그 눈에 보이는 모든 생명체를 말살하고 있었다.

무혁은 분노했다.

그 분노는 카이탁뿐만 아니라 탱크와 장갑차로 팔레스타인 사람들을 깔아뭉개고 있는 이스라엘 군과 이스라엘 사람들에게도 동시에 적용되는 것이었다.

로미는 한눈에 현 상황을 파악했다.

"네크로맨서의 저주마법 중 하나인 '은밀한 욕망의 부추김'이에요. 인간의 마음속에 잠재되어 있는 욕구를 활성화시키는 마법이죠."

"이스라엘 사람들의 마음속에 팔레스타인인을 죽여야겠다는 욕망이 숨어 있었단 말이야?"

"그래요. 아무리 네크로맨서라도 무에서 유를 창조하지는 못해요. 네크로맨서는 그저 인간이 원래 가지고 있는 어두운 면에 양분을 줄 뿐이죠."

어쨌든 원인을 제거해야 한다.

무혁은 로미에게 기도를 권했다.

그러나 로미는 고개를 저었다.

"기도하지 않아도 알 수 있어요. 거대한 악의가 북쪽에서 느껴져요. 하지만……."

로미는 슬픈 눈으로 불타는 가자지구를 보며 말했다.

"'은밀한 욕망의 부추김' 마법은 원인을 제거한다고 사라지지 않아요. 욕망이란 불붙으면 스스로 타오르기 때문이죠. 저들은 자신이 품고 있던 은밀한 욕망이 모두 충족되기 전에는 멈추지 않을 거예요."

"…방법이 없다는 이야기야?"

"우선은 마법의 피해자가 더 발생하지 않도록 원인을 제거해야겠죠."

이스라엘인들을 과연 피해자라고 부를 수 있을까? 무혁은 자신할 수 없었다.

로미가 계속 말했다.

"그리고 '타오르는 욕망의 부축임' 마법의 효과가 빨리 사라지게 할 방법은 존재해요."

"말해봐."

"공포예요. 욕망을 잠재울 만큼의 압도적인 공포 말이에요."

"…공포라……."

공포를 줄 방법이 있었다.

무혁은 세바스찬에게 말했다.

"세바스찬! 이스라엘군 지도부를 와해시켜."

"죽여도 돼?"

"최대한 잔인하게! 압도적인 힘을 보여줘."

"알았어."

무혁의 명령에 놀란 니콜이 나섰다.

"저들은 가자지구 인근 주둔부대일 뿐이에요. 여기서 저들을 죽이면 본격적인 전쟁이 시작돼요. 그렇게 되면 팔레스타인인들에게 아무런 도움이 되지 않아요."

무혁은 시니컬하게 대답했다.

"그 말을 여기서 비참하게 죽어가고 있는 팔레스타인인에게 할 수 있겠어?"

"그래도 여기서 세바스찬이 나서면 그의 존재가 전 세계에 알려질 거예요. 누구도 감당할 수 없는 사태가 벌어진다구요."

아쉬운 놈이 우물 판다.

어차피 세계에서 가장 유명한 동영상 사이트는 미국 소유다.

'알아서 지우라고 해. 정 급하면 중동 전체의 인터넷을 마비시키면 되잖아.'

무혁 특유의 '아~ 몰라! 저지르고 나중에 생각할 거야!' 성격이 튀어나왔다.

그래서 이번에도 냉소적인 대답이 튀어나올 수밖에 없었다.

"미래를 걱정하며 현재를 살아갈 만큼 난 똑똑하지 못해. 세바스찬! 시작해."

로미가 일행에게 축복을 내렸고 축복을 받은 세바스찬이 움직였다.

세바스찬이 출발하자 아차 싶었다.

'전차탄이 문제야.'

무혁은 세바스찬에게 자신이 생각해 두었던 전차탄을 피하는 방법을 일러주었다.

[전차포탄의 발사 징후를 네가 미리 알 수 있는 방법이 있어.]

[어떻게? 일전에는 조준하기 어렵게 무작정 날뛰라며……]

[사실 나도 확신은 없어. 네가 경험하고 판단해.]

[날 실험도구로 쓰겠다는 말이야?]

[시끄러. 전차는 포를 발사하기 전에 먼저 거리 측정을 하는데 그 거리 측정하는 방법이 뭐냐면…….]

[오오~ 알았어. 땡큐!]

대화가 끝나자 무혁은 로미와 니콜을 데리고 바닷가로 향했다.

바다를 통해 마법의 원인이 있는 장소를 찾을 생각이었다.

*　　　*　　　*

다곤 신전을 빠져나온 칼레드는 위다드에게 말했다.

"저 사람은 이즈라일 님의 화신일지도 모르겠구나."

이즈라일은 이슬람의 4대 천사 중 하나로 죽음과 심판을 관장하는 천사다.

이즈라일은 엄청나게 거대한 몸통을 가지고 있고 그 몸통은 살아 있는 인간의 숫자만큼의 눈과 혀로 이뤄져 있다. 또한 그 등에는 4,000개의 날개가 달려 있고 한 발은 천국을 딛고, 또 다른 한 발은 낙원과 지옥을 가르는 칼날같이 좁은 다리를 딛고 서 있다고 알려져 있다.

칼레드가 이즈라일이라고 표현한 사람은 세바스찬이었다.

위다드도 아버지의 말에 동의했다.

"나머지 분들은 계시의 천사인 지브릴(Jibril)님과 수호의 천사이진 미칼(Mikal)님과 부활의 순간에 나팔을 불도록 예정되어 계신 이스라필(Israfil)님이실 거예요."

위다드가 언급한 지브릴과 미칼과 이스라필은 기독교의 가브리엘과 미카엘과 라파엘에 대비되는 이슬람의 천사다.

이들 세 천사의 속성은 양 종교에서 비슷하다.

그렇지만 이슬람의 이즈라일과 유대교의 4천사 중 최후의 심판 때 지휘봉을 휘두르는 의로움의 천사 우리엘(Uriel)만은 그 속성이 상이하다.

칼레드가 다시 말했다.

"4대 천사 중 이슬람만이 가지고 있는 천사는 이즈라일 님이다. 이즈라일 님만이 우리 팔레스타인인의 눈물과 원한을 풀어주실 힘을 가지고 계시다."

"인샬라."

"인샬라."

두 사람은 경외의 눈빛으로 세바스찬을 바라보고 있었다.

＊　　＊　　＊

세바스찬의 신형은 붉게 타오르는 유성과 같이 이스라엘

군의 선두에서 진군하고 있는 기갑여단을 휩쓸었다.

그가 바스타드 소드를 휘두를 때마다 메르카바 탱크가 두 조각으로 쪼개졌고 또 한 번 휘두르면 장갑차가 갈라졌다.

"괴물이다!"

"죽여!"

"죽여라!"

멀리 떨어져 있던 메르카바 탱크의 120m 활강포가 세바스찬을 향해 불을 뿜었다.

꽝!

그러나 전차 포탄은 허무하게 허공을 갈랐다.

이미 세바스찬은 다른 탱크로 이동한 상태였다.

'형 말대로야.'

포탄이 발사되기 바로 전, 세바스찬은 자신의 몸을 쏘아지는 어떤 빛의 존재를 느꼈다.

그 순간 세바스찬의 신형은 사라졌고 동시에 다른 탱크를 박살 내고 있었다.

[형! 생각대로야. 이거 껌인데!]

[방심하지 마. 눈먼 총알에 맞을 수도 있어.]

[총알은 실드 반지가 있으니 상관없어.]

[그래도 조심해라.]

[알았어.]

세바스찬이 느낀 빛의 정체는 탱크의 사격통제장치에 붙은 거리측정장치가 쏜 레이저였다.

무혁은 육감만으로 화살을 피할 수 있는 능력을 가진 세바스찬이라면 레이저의 에너지를 감지하는 순간 이동하는 일이 가능할 것이라고 예상했다.

그리고 그 예상은 보기 좋게 맞아들어 갔다.

"웃차!"

또 한 대의 메르카바 탱크가 두부처럼 반 토막 났다.

"APERS탄을 사용해! 죽여! 죽이라고!"

APERS탄은 전차포에서 발사하는 대인탄으로 발사 후 수천 개의 작은 화살을 토해내 보병을 살상하는 목적의 탄이다.

꽝!

4㎝ 길이의 화살탄 수천 개가 세바스찬이 서 있는 자리를 휩쓸었다.

세바스찬은 이번에도 레이저를 감지하고 자리를 피할 수 있었다. 하지만 APERS탄은 원추형으로 퍼져 다수의 보병을 제압하는 병기라 모든 화살탄을 피할 수는 없었다.

티티팅!

수십 개의 화살탄이 실드에 부딪치고 힘없이 떨어졌다.

"나 화났어!"

세바스찬은 자신이 화났을 때 어떤 일이 벌어지는지 보여

주기로 결심했다.

스팡!

순간, 세바스찬이 사라졌다.

그의 움직임이 인간의 눈으로 따라잡을 수 없을 만큼 빨라졌다.

세바스찬이 현실 속에 존재함을 나타내는 유일한 증거는 소리 없이 잘려 나가고 있는 메르카바 탱크뿐이었다.

자신의 분신이나 다름없는 12기갑연대가 문자 그대로 레고 장난감처럼 분해되고 있는 모습을 지켜봐야만 하는 모티 아모즈 장군은 불같이 화를 냈다.

"죽여, 죽이라고!"

모티 장군과 함께 이성이 날아가 버린 지 오래된 부관도 맞장구쳤다.

"죽여 버려. 쏴! 쏴버려! 다 죽여!"

그러나 그들의 명령은 맥없이 허공을 맴돌다 흩어지고 말 뿐이었다.

세바스찬은 어떤 목소리의 주인을 찾고 있었다.

그 목소리는 모든 전차에서 한꺼번에 들리고 있었다.

'전차에서 들리는 목소리 속에는 무전기를 통과한 잡음이

섞여 있어. 무전기로 명령을 내리고 있는 목소리의 주인공이 지휘관이 분명해.'

12기갑여단의 진형을 휘젓고 다니던 세바스찬은 결국 목소리의 주인공이 탄 전차를 찾아내고 말았다.

'비슷하게 생겼지만 달라. 이놈은 대포가 안 달렸어.'

세바스찬이 찾은 전차는 메르카바 탱크를 개조해서 만든 중장갑차 나메르였고 모티 아모즈 장군이 타고 있는 지휘차이기도 했다.

'장갑차는 뒤쪽에 사람이 탄다고 했었지?'

직업이 기사인지라 세바스찬은 지구의 군사기술에 대해 관심이 많았고 그가 필요로 하는 정보는 인터넷에 널려 있었다.

그 덕분에 세바스찬은 웬만한 밀덕 이상의 군사지식을 가진 상태였다.

"웃차!"

붉은 오러가 2m쯤으로 늘어난 바스타드 소드가 나메르의 엔진과 조종실이 자리 잡고 있는 전면부와 지휘실이 있는 병력 탑승실을 분리해 냈다.

스광!

세바스찬은 조종석에 앉아 있던 병사의 등에 바스타드 소드를 찔러 넣은 다음 지휘실로 얼굴을 들이밀며 말했다.

"까꿍!"

"……!!"

"……!!"

"놀랐지? 이제부터 너희는 심한 꼴을 당하게 될 거야. 싫다는 말은 사양하겠어. 나도 남의 세상에 와서 이런 짓을 하는 게 그리 탐탁치는 않지만 사실 너희도 너무하긴 했잖아."

그래도 지휘관이라고 모티 아모즈 장군이 입을 열었다.

"너… 너는 누구냐?"

"어차피 죽을 목숨이니 상관없겠지. 난 랭던 왕국, 도멜 백작령, 작센 영지의 영주 세바스찬 폰 도멜 남작이야."

"무… 무슨 개소리냐."

"말이 심하지만……. 뭐~ 상관없으려나? 내가 정체를 밝히면 사람들은 대부분 너 같은 반응을 보이니까. 이제 시작하자고."

세바스찬의 손이 살짝 흔들렸다.

모티 아모즈 장군이 그 사실을 인지한 순간 옆에 앉아 있던 부관의 머리가 장갑차 바닥에 떨어졌다.

툭!

'신께 맹세코 난 칼이 휘둘러지는 모습을 보지 못했어.'

모티 아모즈 장군은 이를 악물고 말했다.

"넌, 사탄이냐?"

"오히려 천사에 가까울걸? 물론 네 입장이 아니라 억울하게 죽어가고 있는 팔레스타인인들의 시선으로 바라보면 말이야."

세바스찬은 모티 아모즈 장군의 멱살을 잡고 장갑차 밖으로 끌어냈다.

대여섯 대의 탱크의 사격통제장치가 자신을 겨냥하는 레이저의 에너지 흐름이 느껴졌다.

"지금부터 지옥을 보여줄 거야. 물론 너와 너의 부하들에게!"

"……."

세바스찬은 눈 한 번 깜짝하지 않고 모티 아모즈 장군의 오른쪽 팔을 팔꿈치에서부터 잘라 버렸다.

서걱!

탱크들의 무전기가 한순간에 탄식을 토해냈다.

ㅡ세상에…….

ㅡ장군님의 팔을…….

ㅡ저런…….

부하들의 반응과 달리 모티 아모즈 장군은 팔이 잘려 나갔다는 현실을 실감하지 못하고 있었다.

그도 그럴 것이 팔꿈치 아래 부분이 사라졌지만 아프지도 않았고, 피가 흘러나오지도 않았다.

의도했던 반응이 나오지 않자 세바스찬은 툴툴거리며 말했다.

"내가 봐도 너무 잘 잘랐어. 원래 의도는 이게 아니었다고."

"⋯⋯."

"이제 제대로 해보자."

세바스찬은 무너진 건물을 향해 손을 내밀었다.

슈우웅!

부서진 창틀 조각이 살아 있는 생명체처럼 손을 향해 빨려 들어왔다.

"좋아! 이걸로 해보자고."

"안⋯ 안 돼⋯⋯."

"저기 건물에 깔려 있는 사람들도 너와 같은 바람을 가졌을 거야."

세바스찬은 창틀조각으로 모티 아모즈 장군의 어깻죽지를 단숨에 잘라냈다.

"끄아아아악!"

"엄살 부리지 마. 안 죽어."

세바스찬은 오러로 피가 솟구치는 모티 아모즈 장군의 어깨를 지지듯 눌러 지혈했다.

"훨씬 좋아. 네 부하들이 어떤 상태인지 들어볼까?"

소음에 귀를 집중했지만 더 이상 아무 말도 들리지 않았고 헉헉거리는 깊은 숨소리만 무전기를 통해 들려왔다.

'이놈 생각보다 겁쟁이잖아?'

모티 아모즈 장군의 붉은 눈이 점점 원래의 빛을 되찾고 있었다.

세바스찬은 잠시 고민했다.

공포는 전염된다.

전염이 되려면 공포의 매개체가 필요하다.

모티 아모즈 장군은 공포의 매개체로 딱 적당한 사람이다.

죽이는 것보다는 살아서 평생 오늘 있었던 일을 세상에 알리는 편이 좋았다.

세바스찬은 무혁을 호출하고 자신의 생각을 설명했다.

[어떻게 생각해?]

[좋을 대로 해라.]

[그쪽 일은 잘되고 있는 거야?]

[마법의 진원지였던 수원지는 정화했는데 로미가 무언가 더 있다고 해. 그래서 한밤중에 수영해야 할 신세다.]

[수영도 할 줄 알아?]

[넌 못하냐?]

[생텀 사람 중 수영할 줄 아는 사람은 정말 드물걸?]

[알았다. 얼른 정리하고 와라.]

[알았어.]

이제 결정을 내려야 할 순간이다.

'다리냐, 팔이냐. 상관없잖아?'

세바스찬은 한쪽 다리를 더 잘라냈다.

"끄아아아악!"

모티 아모즈 장군이 혀를 뒤집고 기절해 버렸다.

세바스찬은 자른 다리와 팔을 앞으로 던지며 소리쳤다.

"다들 병신이 되고 싶지 않으면 집으로 돌아가라. 명령에 복종하지 않는 자는 이놈과 같은 꼴로 만들어줄 테다."

뉘라서 혼자 메르카바 전차 20대를 조각낸 인간의 명령을 거부할 것인가.

그 압도적인 힘이 선사하는 공포 앞에 12기갑여단의 잔여 병력과 아슈켈른 시민들의 붉은 눈동자가 원래의 빛을 되찾았다.

아이가 아빠의 손을 잡으며 울먹였다.

"아빠, 무서워요."

"무서워하지 마라, 베냐민. 그런데 손에 든 게 뭐냐."

옆에 서 있던 엄마가 대답했다.

"부엌칼을 베냐민 네가 왜 들고 있는 거니?"

아빠가 엄마에게 물었다.

"그러는 당신 손에 들린 건 얼음 송곳 아니오?"

"당신도 총을 들고 있잖아요."

아이가 눈물을 터뜨렸다.

"흐흐흑! 무서워요. 아빠, 엄마. 집에 가요."

"······."

"······."

곳곳에서 비슷한 일이 벌어졌다.

그들은 주변을 에워싸고 있는 팔레스타인인들을 두려운 눈빛으로 바라보았다.

"가… 가자고······."

"돌아가자."

이스라엘인들은 천천히 뒤로 물러나기 시작했다.

*　　　*　　　*

칼레드는 아무 일 없었다는 듯 후퇴하고 있는 이스라엘인들을 공격하라고 명령하고 싶었다.

모두 쳐 죽이라고 소리 지르고 싶었다.

그러나 그럴 수 없었다.

세바스찬이 칼레드에게 모티 아모즈 장군을 넘겨주며 한 말 때문이다.

"저들을 돌려보내십시오."

"안 될 말입니다. 우리 사람이 너무 많이 죽었습니다. 이대로 저들을 보내주면 우리가 흘린 눈물은 누가 알아준다는 말입니까."

"이 사람이 학살의 증인이 되어줄 겁니다."

세바스찬은 모티 아모즈 장군에게 물었다.

"그렇게 할 거지?"

"……."

"솔직히 말하자면 난 상관없어. 형이 시켜서 하는 일이거든. 하지만 형은 이렇게도 말했어. 네가 딴소리하면 예루살렘을 지도에서 지워 버리겠다고. 알아들어?"

"아… 알았습니다."

"명심해. 널 죽이지 않는 이유는 예루살렘을 지울 명분을 찾고 있어서일 뿐이야. 우리 형은 의외로 소심하거든."

세바스찬은 칼레드에게 다시 말했다.

"예루살렘을 지워 버리겠다는 약속은 유효합니다. 그러니 저들을 죽이지 마세요."

"알겠습니다. 그런데… 혹여 예루살렘을 지도에서 지우더라도 바위의 돔만은 남겨주십시오."

"바위의 돔? 알았어."

예루살렘과 바위의 돔에 대한 지식이 전혀 없는 세바스찬의 흔쾌히 칼레드의 부탁을 승낙했다.

바위의 돔이란 예언자 모하메드가 말을 닮은 짐승인 부라크의 등에 올라 대천사 지브릴과 함께 승천했다고 전해지는 바위를 에워싸고 건립된 신전을 말한다.

당연히 이 바위는 메카, 메디나와 함께 이슬람교의 3대 성지 중 하나다.

그런데 문제는 이런 바위의 돔이 지어진 바위가 기독교와 유대교의 성지이기도 하다는 점이다.

이슬람과 기독교와 유대교의 공통 조상이라고 할 수 있는 아브라함은 이 바위 위에서 아들 이삭을 하느님께 제물로 바쳤다고 전해진다.

또한 이 장소는 솔로몬의 궁터였기도 했으며 모세가 야훼에게 받은 석판을 보관했던 언약의 궤가 놓였던 장소이기도 했다.

다시 말해 예루살렘이 사라진다 해도 이 바위의 돔만 남아 있다면 전 세계에서 가장 큰 세력을 자랑하는 아브라함계 종교는 예전과 마찬가지로 서로 반목하고 시기하고 질투하며 피를 흘릴 수밖에 없는 것이다.

어쨌든 세바스찬은 자신의 임무를 다했다.

"위다드 씨, 형이 좀 보자는데요."

"저를요?"

"그래요, 뭔가 해독해 줬으면 한다고 전해달라더군요. 함께 가줄 수 있겠습니까? 안전은 보장하겠습니다."

위다드는 칼레드에게 허락을 구했다.

"다녀와도 될까요?"

"그러려무나. 천사의 행사이시니 내 허락을 구할 필요는 없다."

세바스찬과 칼레드 사이에 뭔가 큰 오해가 자리 잡고 있었다.

그러나 세바스찬은 그 오해를 풀 생각도 의지도 없었고 더
나아가 그 원인도 모르는 상태였다.

사실 위다드는 세바스찬이 천사라는 아버지의 말을 믿지
않고 있었다.

'세상에 천사가 어디 있다고… 만일 진정 천사가 있다면
우리 민족이 당하고 있는 핍박을 설명할 수 없어. 오늘 일만
해도 그래. 이스라엘 사람들을 돌려보내라니. 그런 법이 어디
있어. 이 남자는 미국의 특수 연구 프로그램에 의해 만들어진
로봇이나 안드로이드쯤 될 거야.'

그러나 그 생각은 급속하게 변화되고 있었다.

'하늘을 날아. 내가 하늘을 날고 있다구.'

세바스찬의 품에 안겨 밤하늘을 달리는 경험은 '난다' 라
는 형용사 이외에는 달리 표현할 방법이 없었다.

'정말 천사인가?'

위다드의 눈빛이 몽롱해졌다.

제34장

성 카타리나 수도원

Sanctum

무혁은 몽롱한 눈빛으로 세바스찬을 바라보고 있는 위다드의 정신을 깨울 필요를 느꼈다.

'모든 원인은 저 세바스찬이야.'

누구는 한밤중에 저수지에 들어가 흘딱 젖어가며 두루마리를 찾았는데 누구는 여자를 안고 연애질을 했다.

게다가 양피지 두루마리는 무혁의 지적 능력을 비웃는 듯 단 한 글자도 알아볼 수 없는 내용을 담고 있었다.

"너 무슨 짓을 한 거야?"

"아무 짓도 안 했어."

"그런데 왜 위다드가 매혹마법에라도 걸린 것처럼 맥을 못 추지?"

"내가 어떻게 알아. 난 억울하다고."

"두고 보자."

"……."

무혁은 위다드에게 두루마리를 건네며 물었다.

"위다드 씨, 이 두루마리를 해독할 수 있겠습니까?"

"네? 네… 어디 보죠."

위다드는 한참 동안 두루마리를 살펴보더니 무혁을 바라보았다.

그녀의 눈 속에는 어떤 열망이 담겨 있었다.

"이 두루마리 어디서 났죠?"

"저기요."

무혁은 저수지 중앙을 가리켰다.

"저 안에 있었어요."

"세상에… 인샬라."

"좋은 겁니까?"

"좋다구요? 좋다는 말로는 부족해요. 이 두루마리는 인류의 보물이에요."

"제 겁니다. 제가 홀딱 젖어가며 찾은 물건이니까요."

"……."

"그래서 왜 보물이란 겁니까?"

"이 두루마리에 쓰인 문자는 고대 히브리어예요. 그러나 고대 히브리어 자체가 중요한 건 아니에요. 이 문서는 모세의 유골이 묻힌 장소에 대해 언급하고 있어요."

"……."

모세의 유골이란 말을 듣는 순간 무혁은 머리가 아파왔다.

'삼손의 머리카락 다음은 모세의 유골인가'

가장 먼저 생각나는 문제는 모세의 유골이 가진 신성력이었다.

모세는 자그마치 신을 친견한 인간이다.

그는 파라오에게서 박해받던 유대 민족을 구하라는 야훼의 명령을 받고 그 유명한 출애굽기의 주인공이 되었다.

또한 그는 기독교의 정신적인 규약이라고 할 수 있는 십계명이 적힌 돌판을 시나이산에서 야훼에게 직접 받는다.

그리고 모압 사막의 느보산(山)에서 120세에 죽을 때까지 유대 민족을 이끌고 약속의 땅인 가나안으로 가기 위해 에돔과 모압의 광야에서 40년을 유랑한다.

다 관두고 신을 친견했다는 경력만으로도 모세는 디바인 마크의 끝판왕쯤 되는 인물인 것이다.

"젠장!"

"뭐라고 하셨나요?"

"아닙니다. 그래서 모세의 유골이 어디 있답니까?"

"모세는 모압 사막의 느보산에서 죽었어요. 느보산은 요르단에 있어요. 그런데 이 두루마리에 의하면 모세는 죽기 전에 한 가지 유언을 남겼어요. 자신의 유해를 아버지를 처음 만난 장소에 묻어달라고요."

"아버지라……. 모세는 이집트에서 태어나 파라오의 유아 살해령을 피해 버려졌다가 파라오의 공주에게 구원받아 왕궁에서 양육되었던 걸로 알고 있습니다. 그렇다면 모세의 유해는 이집트에 있겠군요. 더 자세한 내용은 없습니까?"

"없어요."

"낭패군요. 이집트 전체를 뒤질 수도 없는 노릇이고……."

눈앞이 캄캄해졌다.

아무리 긍정적으로 생각해 봐도 이 두루마리를 저수지에 던져놓은 사람은 카이탁이 분명하다.

카이탁이 막강한 신성력을 가지고 있을 모세의 유골로 무슨 짓을 할지 도무지 상상이 되지 않았다.

위다드는 생각에 잠긴 무혁을 판단하고 있었다.

'이들은 누구일까? 잠시 천사라고 착각했지만 고대 히브리어를 읽지 못하는 천사는 상상하기 힘들어.'

세바스찬과 로미와 니콜의 얼굴도 심각해 보였다.

'분명한 건 이들이 좋은 사람이란 사실이야.'

생각을 정리한 위다드는 무혁에게 말했다.

"이집트 따위가 아니에요. 조금 더 구체적인 장소죠."

"네?"

"하지만 그전에 대답해 주셔야 할 것이 있어요. 당신들이 찾는 건 약품 따위가 아니죠?"

모세의 유골을 카이탁보다 빨리 찾을 수만 있다면 거짓말 따위는 불필요한 노력에 지나지 않는다.

'어차피 믿어줄 사람도 없을 테고…….'

무혁은 순순히 대답했다.

"그렇습니다. 우리는 성물을 가지고 못된 짓을 하는 어떤 집단을 추적하고 있습니다."

"그렇다면 모세의 유골이 그들의 손에 들어가면 큰일이겠군요."

"상상하기 싫은 참혹한 일이 벌어질 겁니다. 가자지구에서 벌어졌던 일이 아이 장난으로 여겨질 만큼 말입니다."

"좋아요. 진실을 알려주신 대가로 제 생각을 말씀드리죠. 모세가 언급한 아버지는 혈육으로서의 아버지를 의미하지 않아요."

위다드의 말을 듣는 순간 무혁은 망치로 머리를 두들겨 맞는 것 같은 충격을 받았다.

'야~! 이 멍청한 무혁아!'

종교는 종교의 관점에서 바라봐야지 세속의 관점에서 보면 답이 없다.

"아~ 그렇군요. 그랬어요. 아버지는 야훼… 아니, 알라를 의미하겠군요."

"맞아요."

무혁은 기억을 더듬었다.

'모세는 불타면서도 타지 않는 떨기나무 속에서 신을 보았어. 어디였더라… 그래, 출애굽기 3장의 호렙산, 지금은 시나이산이라고 불리는 바로 그 산이야. 그런데…….'

다시 벽이었다.

"이집트보다는 좁혀졌긴 했지만 여전히 범위가 너무 넓군요. 시나이산이 동네 뒷동산도 아니고 말입니다."

"놀랍네요. 그 이야기를 알고 있다니 말이죠. 하지만 한편으로 의외이기도 하네요."

"그야 워낙 유명한 이야기이니까요. 그런데 뭐가 의외란 말입니까?"

"시나이산에는 모세의 떨기나무로 알려진 떨기나무가 존재해요."

"네? 정말로 그 나무가 아직도 살아 있다는 말입니까?"

기독교에서는 모세를 기원전 13세기의 인물이라고 말한다. 당시는 그 유명한 람세스 2세가 이집트를 통치하던 시기다.

위다드의 말이 맞는다면 그 떨기나무는 무려 3,200년을 살았다는 이야기다.

'무슨 상관이야? 맨땅에 헤딩하는 것보다야 백배 낫지. 게다가 나에게는 살아 있는 유물탐색기이자 만렙 트레져헌터 로미가 있다구.'

무혁은 로미를 보며 씽긋 웃었다.

그리고 그 순간 무혁의 웃음을 본 위다드는 혹시나 자신의 판단이 틀리지 않았을까 하는 두려움에 사로잡히고 말았다.

하지만 무혁을 보며 마주 웃어주는 로미를 본 순간 그런 두려움은 씻은 듯 사라졌다.

'무슨 웃음이 저리 포근할까?'

의심을 떨쳐 버린 위다드는 말했다.

"시나이산에는 성 카타리나 수도원이 있어요. 이 수도원은 두 가지로 유명한데 첫 번째는 성경의 원전 중 하나인 시나이 사본이고 두 번째는 바로 모세가 알라를 처음으로 영접했다는 전설이 서려 있는 떨기나무예요."

"감사합니다. 정말 감사합니다."

무혁은 진심으로 감사를 표했다.

*   *   *

로미는 가자지구로 돌아오자마자 다친 팔레스타인인을 도우러 거리로 나갔다.

세바스찬과 니콜에게 로미의 호위를 부탁한 무혁은 올리비아를 호출했다.

상황 설명을 들은 올리비아는 진심으로 황당해했다.

―삼손의 머리카락, 좋아요. 이해할 수 있어요. 그런데 이번에는 모세의 유골이라구요? 그다음은 아마도 성배나 언약의 궤쯤은 튀어나와야 격이 맞겠군요.

"세상에 아브라함계 종교만 있는 건 아니니까요. 혹시 압니까? 부처님의 진신사리라든지 시바의 창이 튀어나올지요."

―그런 말이 아니잖아요.

"어쨌든 시나이산까지 이동 수단을 준비해 주십시오."

―알았어요. 그런데 나에게 할 말 없나요?

"무슨 말 말입니까?"

―하룻밤 사이에 그 난리를 쳐놓았으니 죄송하다는 말 한마디쯤은 해야죠.

"제가 없었다면 가자지구에서는 제2의 홀로코스트가 벌어졌을 겁니다. 그러니 죄송은커녕 오히려 감사를 받아야 마땅하다고 생각합니다."

—당신 뒤치다꺼리하는 사람들 생각도 좀 하세요.

"목마른 사람이 우물 파는 법입니다. 미국이 샘텀의 비밀을 지키려면 어쩔 수 없는 일이죠."

—그래도 더 이상의 소란은 금물이에요. 짐작하겠지만 이쪽에도 꽤나 많은 유대인이 포진되어 있다고요.

"무척 화났겠군요."

—당연하죠.

"그들에게 전하세요. 쓸데없는 소리하면 어젯밤 참상을 찍은 영상을 전 세계에 확 뿌려 버린다고요. 볼만할 겁니다. 아스라엘 아이와 어른이 손에 손 잡고 부엌칼로 임신한 팔레스타인 여성의 배를 가르는 모습이 말입니다."

—진심인가요?

"그만큼 상황이 급박했다는 이야깁니다."

—알았어요. 하여튼 앞으로 조심해 주세요.

"노력해 보겠습니다."

대화는 쓴맛만을 남기고 그렇게 끝을 맺었다.

*   *   *

CNN 방송은 가자지구의 참상을 모티 아모즈 장군의 독단적인 작전으로 묘사했다.

―이번 사태의 주동자인 모티 아모즈 장군은 가자지구에서 퇴각하는 와중에 유탄에 맞아 한쪽 팔과 한쪽 다리를 잃었습니다.

모티 아모즈 장군은 하마스의 테러에 죽은 아들의 복수를 위해 이런 폭거를 저질렀다고 진술했습니다.

그러나 저희 기자의 취재에 의하면 모티 아모즈 장군의 아들은 하레디(Haredi)로서 테러에 죽은 게 아니라, 오히려 자신이 3명의 팔레스타인 민간인에게 폭력을 행사하다가 반격을 받아 죽은 걸로 밝혀졌습니다.

이번 사태는 비뚤어진 한 인간의 그릇된 판단이 얼마나 엄청난 비극을 만들어낼 수 있는지에 대한 엄중한 경고의 성격을 띠고 있습니다.

이스라엘 정부는 희생되고 다친 팔레스타인인들과 가족에게 깊은 유감의 뜻을 표하고 사후 처리에 최선을 다하겠다고 발표했습니다.

하레디는 급진주의 유대인을 의미한다.

이들은 군대도 면제에다가 생활비를 정부에서 지원받으며 사회에 철저히 격리된 채 초, 중, 고, 대학 교육까지 마친다. 이 학교에서는 영어도, 수학도, 과학도 가르치지 않고 오로지 토라만 주구장창 가르친다.

때문에 이들의 현실 지식은 끔찍한 수준이어서 나이 19세의 대학생이 나누기를 못한다는 이야기가 농담이 아니라 진실일 정도다.

이런 하레디는 안식일인 토요일에는 전등조차 스스로 켜지 않는 구약의 계율에 집착하는 삶을 산다. 정 전등을 켜고 싶으면 비유대인에게 부탁할 정도다.

한마디로 하레디들은 이슬람의 탈레반에 대비되는 유대 근본주의자다.

하지만 이들은 어쩌면 탈레반만도 못하다.

총을 들고 자신의 신념을 지키기 위해 싸우는 탈레반과 달리 하레디들은 이스라엘에서는 여자도 가는 군대도 가지 않고, 세금도 내지 않고, 정부의 재정을 축내는 동시에 아랍 세력에 대해 어떠한 양보도 하지 않는 막장 집단이니 말이다.

"모티의 아들이 하레디라구? 이스라엘이 사후 처리를 한다구? 누군지 몰라도 시나리오 쓰느라 꽤나 힘들었겠어. 아마도 미국의 압력이 있었겠지만 말야."

방송을 본 무혁은 이렇게 소감을 피력했다.

일행은 터널을 통해 라파(Rafah)로 돌아왔다.

연락을 받고 기다리고 있는 토마스는 이상하리만큼 유쾌하게 일행을 맞아주었다.

"저쪽에서 거하게 한판 하셨더군요. 덕분에 본부가 난리가
났습니다."

"난리 난 것치고는 뒤처리가 깔끔했습니다. 미국—이스라
엘공공정책위원회(AIPAC)의 압력이 심했을 텐데요."

미국—이스라엘공공정책위원회는 미국 정치가라면 이들
의 돈을 쓰지 않는 사람이 없다고 할 정도로 막강한 영향력을
행사하는, 미국 최대의 유대인 로비단체다.

"다행인지 불행인지 AIPAC 최상층부에 샘텀의 존재를 아
는 인사가 있거든요. 그들은 칼레드가 삼손의 유해만 넘겨주
면 팔레스타인을 정식 국가로 인정하고 유엔 가입을 찬성하
겠다는 제안을 해왔습니다. 신생 팔레스타인이 영구 중립국
이어야 한다는 조건이 붙어 있긴 합니다만. 그리고 재건을 위
한 배상과 차관도 제공하겠다고 하더군요."

"아무리 삼손의 유해라고는 해도… 대단하군요."

"칼레드가 밑밥을 더 깔았거든요."

"밑밥이라니요? 혹시… 모세의 유골?"

"그렇습니다. 확정이 아니라는 가정을 붙이긴 했지만 모세
의 유골에 꽤나 근접했다는 암시를 했다고 합니다. 이스라엘
로서는 도저히 무시할 수 없는 미끼였죠. 기존 이스라엘 정착
민을 이주시키고 가자지구와 요르단강 서안 지역으로 나뉘어
있는 팔레스타인 정착지를 연결하는 회랑 지역을 만들어주겠

다는 제안을 할 정도로 말입니다."

"젠장!"

재주는 곰이 부리고 돈은 칼레드가 버는 꼴이다.

마음에 들지 않았지만 한편으로 다행이란 생각도 들었다.

'뼈 몇 조각과 중동의 평화를 맞바꾼 셈이니 말이야.'

사람들은 모른다.

수천 년 전 늙어죽은 사람의 뼈보다, 혹은 마누라에게 배신당해 노예로 전락해 죽은 남자의 머리카락보다, 혹은 세상에서 가장 현명하다는 어느 왕이 숨겨둔 금은보화보다 지금 이 순간 굶어 죽어가고 있는 아이의 생명이 소중하다는 사실을 말이다.

*   *   *

시나이반도 남부 산악지대, 험준한 바위산 사이에 자리 잡은 성 카타리나 수도원의 역사는 그 자체로 그리스도교 수도회의 역사와 같다.

초기 기독교는 예수 사후 처절했던 박해를 딛고 일어나 400년 만에 로마제국의 국교가 되었다.

박해는 끝났다.

교회는 거대해지고 화려해졌다.

그리고 그 대가로 급속하게 부패하기 시작했다.

일부 신자들은 초기 교회의 가난함을 잊어버린 교회에 실망해 광야로 들어갔다.

바로 이들이 베네딕토회, 프란치스코회, 예수회, 살레지오회등 수없이 많은 수도회의 조상이다.

이들은 시나이반도의 바위산 틈에서 아주 작은 성당 하나를 발견했다.

이 성당은 콘스탄티누스 황제의 어머니인 헬레나(Helena)가 모세가 야훼를 처음으로 친견한 '불타는 떨기나무' 자리에 세운 마리아 성당이다.

수도사들은 마리아 성당을 중심으로 수도원을 세웠다.

수도원은 9세기경 발견된 성 카타리나의 유골 덕분에 성 카탈리나 수도원이라는 이름을 얻게 되었다.

부와 영광을 버리고 모여든 수도사들의 손에 들린 것은 거룩한 말씀이 적힌 양피지 두루마리(Scroll)와 책(Codex)들이었다.

그리고 바로 이 두루마리와 책들이 신약성경의 원형이다.

이 기록들은 1844년 이 수도원에서 347장으로 이뤄진 세계 최고(最古)의 신약성경 사본인 시나이 사본(Codex Sinaiticus)이 발견됨으로써 세상에 알려지게 되었다.

성 카타리나 수도원은 이슬람 제국의 지배하에서도 시나이반도 유일의 성당으로 살아남았다.

이슬람교에서도 중요한 인물인 모세가 체험한 불타는 떨기나무가 있고, 또한 마호메드가 이곳에 여러 차례 들러 수도사들과 깊은 신학적 대화를 나누었다는 전승 때문이다.

"…라고 하네요. 대단해요. 정말 대단해요."

로미는 성 카타리나 수도원 이야기에 깊은 감명을 받은 것 같았다.

"유리아의 신관들은 수도사가 없어?"

"없어요. 절대로 없어요."

"하긴… 유리아교는 박해의 기억이 없으니 고행이 필요 없기도 하겠다."

"하지만 유리아 님의 신관들도 이들을 배워야 한다고 생각해요. 지금의 신관들은 모두 썩었어요."

"너 상당히 과격해졌다."

"워낙 비교가 돼서……."

"지구의 성직자들도 썩어 문드러지긴 마찬가지야. 그들의 타락으로 얼마나 많은 피를 흘렸는지 알면 아마 놀랄걸? 최소한 유리아교의 교리는 하나잖아. 지구는 최소 수백 개라고. 너무 한 면만 보고 판단하는 우를 범하면 안 돼."

"알았어요, 오빠."

니콜이 방긋 웃었다.

예쁘다.

아름답다.

귀엽다.

상큼하다.

'신관만 아니면 확 한번! 아서라. 말아라.'

세바스찬이 무혁의 망상에 찬물을 끼얹었다.

"왜 온몸을 부르르 떨고 그래? 오줌이라도 쌌어?"

"너, 어렸을 때부터 눈치 없다는 소리 자주 들었지?"

"그야… 어머니가 항상 말하기 전에 10번 생각하라고 하시긴 했어."

"그게 바로 눈치가 없다는 말씀이야."

"영주가 될 남자의 말은 천금보다 무겁다는 의미였을걸?"

"꿈보다 해몽이다."

이런 농담을 주고받는 사이 헬리콥터는 아랍인들이 무사산(모세의 산)이라고 부르는 시나이산의 협곡에 도착했다.

눈앞에 성 카타리나 수도원의 전경이 펼쳐졌다.

성 카타리나 수도원은 높이 20m, 변의 길이가 200m쯤인 정사각형 형태의 성벽에 둘러싸인 중세 성의 형태를 띠고 있었다.

헬기를 타고 오면서 읽은 이야기 속 현장을 직접 본 로미는 꽤나 감동한 것 같았다.

"저곳이 1,800년간 고립되어 신앙을 이어왔다는 성 카타리나 수도원이군요. 무언가 신성한 기운이 흘러나오는 것 같아요."

"하, 유목민의 전설과 한 청년의 선동이 교묘하게 결합된 인류 최대의 거짓말에 속은 불쌍한 사람들의 피와 땀일 수도 있어."

"말이 심해요."

"미안."

인간이 쌓아 올린 위대한 지적유산을 폄훼할 생각은 없었다.

하지만 무혁은 속마음과 다르게 행동했다.

신관인 로미와 그런 로미와 가까워질 수 없는 자신의 처지가 합해지자 격렬한 화학반응을 일으킨 것이다.

성 카타리나 수도원 인근은 시나이산을 관광하는 여행객과 순례자를 위한 낙타 몰이꾼들로 문전성시를 이루고 있었다.

일행은 일단 성 카타리나 수도원 안으로 들어가 보기로 했다.

'불타는 떨기나무'는 수도원 입구 정면에 설치된 작은 화단 위에 있었다.

일종의 가시나무로 보이는 떨기나무의 가는 줄기 끝은 신의 존재를 느끼려는 사람들의 손길에 닳고 닳아 하얗게 변한 상태였다.

"어때? 뭐가 좀 느껴져?"

"한 줌의 신성력도 느껴지지 않아요. 저 나무는 불타는 떨기나무가 아니에요."

로미는 단언했다.

3,000년 이상 살아온 떨기나무의 존재를 처음부터 믿지 않고 있었던 무혁은 주변을 돌아보며 다시 물었다.

"다른 곳은?"

"저 건물에서 상당히 강한 신성력이 느껴지네요."

로미가 가리킨 건물은 수도원의 도서관이었다.

안내서를 보니 그 도서관에는 4세기에서 6세기에 걸쳐 수집되고 필사된 성경과 외경을 비롯해 수천 점의 성화가 보관되어 있다고 했다.

"하지만 모세의 유골은 아니다?"

"삼손의 머리카락보다 약한 신성력이니까요."

"그럼 우린 이 수도원에 볼일이 없다는 거네. 다른 곳을 찾아봐야겠어."

모세의 유골에 집중하고 있는 무혁과 로미와는 달리 세바스찬은 수도원 자체의 구조에 관심을 보이고 있었다.

"니콜, 이런 성벽으로 적을 어떻게 막을 수 있었을까? 대포 몇 방이면 끝일 텐데."

"때문에 대포가 발달하기 시작한 17세기 후반부터 유럽을 중심으로 성벽의 효용이 사라져 버려요. 기사가 걸치던 풀 플레이트 갑옷도 사라졌구요."

"총이란 건 인간을 평등하게 만들어주는군."

"평등이라니요?"

"보통 병사가 휘두르는 검을 무시할 수 있는 풀 플레이트 갑옷은 그 자체로 신분의 상징이지. 성이면 더 말할 것도 없고. 그런 상징이 평범한 병사가 쏘는 총에 의해 무너진다는 건 곧 신분제의 붕괴 아닐까?"

"누구나 사용할 수 있게 된 무력이 신분제를 타파한다. 일리 있는 가설이네요. 그러나 그렇게 총에 의해 무너진 신분의 벽은 돈이라는 새로운 상징에 의해 더 두텁고 더 높게 새로 세워졌죠."

그렇게 대답하는 니콜은 무척 슬퍼 보였다.

세바스찬은 걸음을 멈추고 니콜을 똑바로 바라보며 물었다.

"그럼 니콜은 돈 때문에 이 일을 하는 거야?"

"네?"

"무혁 형의 경우를 보면 이 일을 하는 이유가 돈 때문인 것 같지는 않아. 사실 따지고 보면 무혁 형은 엉겁결에 우리 일에 휘말린 셈이잖아. 그래서 넌 어떠냔 말이지."

"저야……."

니콜이 고개를 들어 하늘을 바라보았다.

사막의 하늘이 유난히 파랗게 보였다.

"전… 전, 돈을 벌기 위해 이 일을 해요."

"그저 생활인이란 말인가? 크크크크, 그럼 월급쟁이네. 월급쟁이."

"그래요. 전 월급쟁이예요. 입을 벌리고 짹짹거리며 먹이를 기다리는 아기 새를 가진 엄마 월급쟁이요."

"…니콜, 너 아이가 있었어?"

"호호호. 무슨 소리예요. 그냥 그렇다는 말이죠."

세바스찬은 니콜이 웃고 있지만 울고 있다는 느낌을 받았다.

하지만 세바스찬은 의도적으로 자신의 느낌을 무시했다.

'누구나 대하소설 한 질 분량의 사연을 가지고 있는 법이야. 네가 무슨 사연을 가지고 있든지 간에 로미와 무혁 형과 나를 배신하면 내 바스타드 소드가 용서하지 않을 거야.'

그렇게 니콜과 세바스찬은 같은 하늘을 보면서 서로 다른 생각을 하고 있었다.

모세의 유골이 묻힌 장소는 성 카타리나 수도원이 내려다보이는 시나이산의 중턱의 작은 돌무덤이었다.

성 카타리나 수도원 도착 3시간 만에 돌무덤을 찾아내는 쾌거를 이뤄낸 로미는 이유를 이렇게 설명했다.

"워낙 강한 신성력을 뿜어내고 있어 쉽게 찾을 수 있었어요."

"삼손의 머리카락에 비하면 얼마나 강한데?"

"10배? 100배? 모르겠어요. 분명한 사실은 저희 성녀님께 느꼈던 신성력보다 강하다는 사실이에요."

"그건 너희 성녀님이 사이비라서 그렇지."

"무혁 오빠는 그 말투 안 고치면 언젠가 큰코다칠 거예요."

"난 진실만을 이야기한다구."

돌무덤을 치우자 거의 삭아버린 아마포에 싸인 한 구의 유골이 모습을 드러냈다.

유골을 본 순간 무혁은 설명하기 힘든 감정을 맛보았다.

볼품없는 유골이 신의 실체를 본 인간의 것이라는 사실이 도무지 실감나지 않았다.

'성경이 사실이란 말인가? 아니면 성경을 사실로 믿는 인간의 신앙심이 이 유골에 깃든 것인가?'

신앙심이라는 추상적인 행위가 물리적 힘과 치환될 수 있는 사실을 인정하기 힘들었다.

'하긴 로미나 세바스찬의 존재, 그리고 내가 가진 힘도 설명할 수 없긴 마찬가지지. 그러나 모른다고 신의 힘이라고 믿어버리는 건 나태한 생각일 뿐이야.'

모세의 유골을 수습한 일행은 헬리콥터가 착륙할 수 있는 적당한 지점을 찾아 이동을 시작했다.

무혁은 세바스찬에게 질문을 던졌다.

"카이탁이 우리가 두루마리를 발견할 수 있게 저수지에 놔둔 이유가 뭘까? 그 두루마리 내용으로 성 카타리나 수도원을 연상하는 건 그다지 어렵지 않아 보이거든."

"하긴 그렇긴 해. 직접 찾으면 그만인데."

"그래서 난 어쩌면 카이탁은 로미와 다르게 성물의 정확한 위치를 찾을 능력이 없다는 가정을 세웠어."

"당연해지, 투르칸의 개가 가진 능력이라고는 인간을 도살하는 기술뿐이거든."

"그렇게 당연한 걸 미리 알아채지 못한 남작나리 이름이 뭐였더라?"

"큿!"

"크크크크, 그런데 세바스찬. 네크로맨서도 투르칸의 신관이잖아. 로미도 찾는 걸 왜 못 찾을까?"

"말했잖아. 네크로맨서는 죽이는 법 이외에는 아무것도 모른다고!"

"투르칸도 신이잖아."

"신도 신 나름이지."

"신들 사이에서도 서열이 존재한다는 말인가?"

세바스찬은 대답 대신 질문을 던져 왔다.

"전쟁의 신과 재물의 신이 싸우면 누가 이길 것 같아?"

"그야……. 전쟁의 신이 이기겠지."

"그럼 전쟁의 신과 생명의 신이 싸우면?"

"유리아 여신이 가장 강하다는 말을 하고 싶은 거야?"

"당연하지. 그래서 로미가 특별하다는 말이야. 주신이자 생명의 여신인 유리아 여신님의 사랑을 듬뿍 받고 있으니 말이야."

그러고 보니 무시무시했던 네크로맨서도 로미와 세바스찬의 조합에는 맥을 못 추고 연기로 사라졌었다.

'그렇다면?'

카이탁은 로미를 이용해 모세의 유골을 찾을 계획을 세웠고 그 계획대로 일행은 유골을 찾았다.

그렇다면 이제 카이탁이 모세의 유골을 노릴 차례다.

'왜 아무 일이 없지? 최소한 저 성 카타리나 수도원 주변 사람들이 오크로 변해 공격이라도 해와야 하잖아?'

예감이 좋지 않았다.

그리고 언제나 그렇듯 불길한 예감은 사실로 나타났다.

제35장

납치

Sanctum

불길함의 징조는 카이로로 돌아오는 헬리콥터에서 로미가
피라미드를 본 순간 나타났다.

로미는 꼭 이집트의 피라미드와 스핑크스, 파라오의 무덤
같은 유물들을 두 눈으로 보고 싶다고 고집을 피웠다.

"지구의 문명을 경험하기 좋은 찬스라고 생각해요. 한국이
싫다는 건 아니지만 이런 고대문명을 접하긴 힘들잖아요."

"코엑스에서 열리는 고대 이집트 문명전 가지고는 안 될
까?"

"백문이 불여일견이라고 주장했던 사람은 내가 아니라 오

빠라구요."

"우린 카이탁이 노리고 있던 모세의 유골을 가지고 있어. 최대한 빨리 은익하지 않으면 위험해져."

"카이탁으로부터 가장 안전한 장소는 저와 세바스찬이 있는 바로 이곳이에요."

"……."

맞는 말이다.

무혁은 올리비아를 호출하고 로미의 요청을 전했다.

올리비아는 흔쾌히 로미의 요청을 받아들였다.

―아프리카, 가자지구, 시나이반도… 힘든 일정이었죠. 며칠 푹 쉴 수 있도록 조치해 둘게요.

"바레가족은 어떻습니까?"

―지금은 완벽한 오크 상태예요. 연구자들은 오크의 생태를 연구할 기회를 얻어 기뻐하고 있지만 관리자들은 죽을 맛이죠.

"머리카락을 구했으니 우리가 돌아가면 원래대로 돌아갈 수 있을 거라고 아니타에게 전해주십시오."

―알았어요. 걱정 말고 푹 쉬도록 하세요.

올리비아는 과학자로서뿐만 아니라 탁월한 비서(?)이기도 했다.

그녀는 메나 하우스 호텔의 스위트 룸 2개를 예약해 주었다.

메나 하우스는 카이로회담이 열렸던 유서 깊은 장소로 고풍스러운 느낌과 낡은 느낌이 공존하는 호텔이었다.

그러나 메나 하우스를 대표하는 이미지는 내부가 아니라 외부에 있었다.

짐을 던져놓고 베란다로 나가자 마치 이 호텔의 정원이나 되는 것처럼 쿠푸 왕의 피라미드를 비롯해 카프레 왕, 멘카우레 왕의 피라미드의 장대한 모습이 펼쳐졌다.

무혁은 일종의 자신감을 가지고 로미에게 물었다.

"어때?"

"정말 거대하군요. 생텀에도 저렇게 단순하면서 거대한 단일 건축물은 존재하지 않아요."

"그렇지?"

"그런데 저런 건축물이 한 인간의 무덤이라니……. 놀랍기도 하고 슬프기도 해요."

세바스찬은 무언가 골똘하게 생각하는 것 같았다.

"정말 이상하네… 아닐까? 아니겠지?"

"뭐가?"

"내가 이야기했었던가? 아스텐야 왕국에서 배를 타고 바다를 건넌 다음 대상들 틈에 끼어 라하사 사막을 한 달에 걸쳐 건넌 적이 있다고."

"들은 기억이 난다. 투마라야 토호국에 가는 여행이었다고 했었지. 투마라야 토호국은 은둔의 왕국이고 그곳에서 코끼리를 봤다고 말했었어. 그런데 그게 뭐?"

"범선을 타고 이틀 동안 항해한 후 도착한 항구도시의 이름은 살렌투리아였어. 살렌투리아에서 난 대상들의 카라반 출발지인 아이루까지 꼬박 4일을 이동했지."

"생텀의 지리 교육을 하고 싶은 게 아니라면 결론만 말해."

"저 피라미드 말이야. 난 아이루에서 저것과 비슷한 피라미드를 본 적이 있어. 물론 저 피라미드처럼 모래사막에 건설되진 않았고 밀림 중간에 있었지만 말이야. 크기도 절반 정도였고."

"그런데 그게 어때서?"

"지구와 생텀에 똑같은 피라미드가 있다는 사실이 이상하지 않아?"

"별로 안 이상한데?"

"……."

"피라미드는 이집트에만 있는 건축양식이 아니거든. 대서양 건너 마야와 잉카에도 거대 피라미드는 존재해. 가깝게는 고구려의 수도였던 집안 인근에도 수백개의 피라미드가 있어. 규모가 작기는 하지만."

"지구에서는 보편적인 무덤 양식이란 말인가?"

"보편적이라고 할 수는 없지만 지배층 사이에서는 꽤나 자주 등장하는 양식이란 이야기야.”

“그런가?”

세바스찬은 더 이상 질문을 하지 않았다.

‘그래도 너무 비슷해. 특히 가장 큰 피라미드의 꼭대기 부분이 그래. 원래는 매끄러웠는데 떨어져 간 부분.’

다만 마음속으로 이렇게 생각했을 뿐이다.

피라미드와 스핑크스에서 시작되어 카이로 국립박물관으로 이어진 관광은 스스로는 인식하지 못하고 있었겠지만 많은 스트레스를 받고 있던 일행의 피로를 어루만져 주었다.

다만 그 어루만짐의 정도가 심해 탈이 난 사람도 있었다.

카이로에 도착한 이후 상태가 좋지 않았던 니콜이 심한 몸살을 호소했다.

만병통치약 로미가 나섰지만 니콜의 증상은 전혀 호전되지 않았다.

“어릴 때 이후로 이렇게 아파본 적이 없어요.”

“로미의 축복도 듣지 않으니……. 뭐가 문제일까?”

로미의 진단은 간단했다.

“특별히 어디가 아픈 게 아니라 그동안 쌓였던 긴장이 풀려서 그런 것 같아요. 다른 사람들과 달리 니콜 언니는 평범한 인간이니까요.”

"마음의 병이다?"

"그렇게 단순한 이야기가 아니에요. 더군다나 그것까지 겹쳤거든요."

"그것? 아~."

그것이란 여자가 한 달에 한 번 겪는 고통을 의미할 것이다. 무혁은 고민했다.

"그럼 어쩐다? 우리도 오늘은 호텔에서 쉴까?"

"저 때문에 그러실 필요 없어요. 하루 푹 쉬면 낫겠죠."

무혁은 일행과 의논한 끝에 니콜의 말을 받아들였다.

일행이 선택한 오늘의 여행 목적지는 룩소르였다.

카이로에서 남쪽으로 660km 떨어진 나일강변에 자리 잡은 룩소르는 고대 이집트 문명의 정수라고 할 수 있는 카르낙 신전으로 유명한 도시다.

무혁은 방대한 규모를 자랑하는 카르낙 신전에서도 길이 100m에 폭이 53m에 달하는 공간에 지름이 3m에 높이 23m와 15m에 달하는 거대한 열주 134개가 늘어선 열주실에서 가장 깊은 인상을 받았다.

"아멘호테프 3세 시절에 건축을 시작했고 람세스 2세 때 완공되었다고 하네. 람세스 2세는 네가 메고 있는 배낭 속 유골의 주인공인 모세와 대립했던 바로 그 람세스 2세야."

"……."

"왜? 말이 없어? 너무 놀라서 그래?"

"아냐. 아무래도 이상해서."

"또 뭐가?"

"난 이곳을 이전에 봤다는 생각이 자꾸 들어. 여기처럼 사막 한가운데도 아니고 옆에 강도 없었고, 울창한 밀림에 뒤덮여 있었지만 말이야."

"피라미드처럼?"

"응."

무혁은 로미에게 물었다.

"생텀의 신전들은 이런 열주가 없어?"

"있어요. 여기처럼 투박한 석재가 아닌 매끄러운 대리석을 가공해서 만든 열주실이죠. 규모도 여기의 서너 배는 족히 될걸요?"

대답을 들은 무혁은 세바스찬에게 말했다.

"열주는 건물의 웅장함과 신성함을 나타내는 건축 언어일 뿐이야. 아마도 넌 다른 열주들을 보고 이 장소와 혼동하고 있음이 분명해. 일종의 데자뷰란 말이지."

"그럴까? 그렇겠지. 하지만 이상해. 정말로 이상해."

"쓸데없는 소리하고 니콜에게 연락이나 해봐. 몸은 좀 어떤가."

"알았어."

반지를 만지던 세바스찬이 고개를 갸우뚱하며 말했다.

"대답이 없는데?"

"그래? 잠이라도 자나?"

"그렇겠네."

무혁은 니콜 걱정을 잠시 내려놓았다.

그러나 그 행동이 무혁이 로미와 세바스찬과 니콜을 만난 이후 저지른 최대의 실수로 드러나는 데까지는 그리 오랜 시간이 필요하지 않았다.

"그럼 이번에는 하트셉수트 여왕 신전(Hatshepsut's Temple)으로 이동하자. 마침 네가 가보고 싶어 하던 투탄카멘의 무덤이 있는 왕가의 계곡에서 가까우니."

세바스찬은 수많은 이집트 유물 중 투탄카멘의 황금 마스크에 매료된 상태였다.

이유를 묻자 세바스찬은 그다운 대답을 내놓았다.

"투탄카멘의 무덤을 발견한 사람들은 모두 죽었다며. 지구에도 저주가 있다는 확실한 증거라고 나는 생각해."

물론 세바스찬의 음모론에 호응해 줄 무혁이 아니다.

"사람은 누구나 죽거든!"

"······."

무혁은 그렇게 세바스찬의 음모론에 종지부를 찍었다.

     *   *   *

밤늦게 호텔로 돌아온 일행의 손에는 니콜이 유난히 좋아하는 꿀에 절인 대추야자가 들려 있었다.

세바스찬은 그런 니콜을 이해하지 못했다.

"난 하나만 먹어도 속이 미식거릴 정도로 달던데."

"더운 지방일수록 에너지가 많이 필요한 법이니까. 그런데 조용하네? 아직 자나?"

"제가 가볼게요."

잠시 후 니콜의 방에 들어갔던 다시 나오며 말했다.

"없어요."

"바람이라도 쐬러 간 걸까?"

"그럴 수도 있겠네요. 잠시만요. 반지로 연락해 볼게요."

로미는 반지를 문지르고 니콜을 불렀다.

[니콜? 어디에요?]

이번에는 대답이 있었다.

그러나 대답을 한 목소리의 주인공은 로미가 아니었다.

[켈켈켈켈. 구경들은 잘했느냐?]

[……]

[네가 유리아의 창녀구나. 그렇지?]

[카이탁!]

통신을 끊은 로미는 무혁의 손을 잡았다.

"카이탁이에요."

"……."

니콜의 반지에 응답한 사람이 카이탁이라니… 솔직히 당황스러웠다.

하지만 로미가 거짓말을 할 이유가 없는 이상 카이탁이 분명했다.

크게 심호흡을 한 무혁은 통신에 참여했다.

[카이탁!]

[끌끌끌. 네가 도멜가의 세바스찬이냐?]

[아니다. 난… 로미 신관의 옵저버인 문무혁이다.]

[오오~ 그래, 그래. 지구인 최초로 마나를 느낀 놈이란 말이지? 켈켈켈, 좋아, 아주 좋아.]

뭐가 좋은지는 중요하지 않았다.

무혁은 물었다.

[니콜은? 네가 왜 니콜의 반지를 가지고 있는 것이냐?]

[끌끌끌, 네놈이 내 물건을 가지고 있으니 나도 네 물건을 하나쯤 가져야 공평하지 않겠느냐.]

[…….]

잠시 통신을 끊은 무혁은 세바스찬에게 물었다.

"근처에 있어?"

"아니, 전혀 느껴지지 않아."

"로미는?"

"저도요."

무혁은 다시 통신을 연결했다.

[니콜은 평범한 여성일 뿐이다. 그녀를 놓아줘라.]

[난, 항상 한 가지 의문을 가지고 있었다. 왜 인간은 하찮은 타인의 목숨에 그리도 집착을 하는지 말이다.]

[그건 우리가 인간이기 때문이다. 너와 달리 말이다.]

[끌끌끌, 그렇다면 내 물건과 네 물건을 교환하는 데 별문제가 없겠구나.]

[이런, 미친…….]

무혁은 통신을 끊어버렸다.

로미가 울먹였다.

"어떻게 해요."

무혁은 세바스찬을 바라보았다. 세바스찬도 무혁을 바라보았다.

서로 말은 안 했지만 무혁은 세바스찬도 자신과 같은 생각을 하고 있다고 확신했다.

"니콜에게는 미안한 일이지만 교환은 없어. 모세의 유골은 수천, 어쩌면 수만 명 이상의 인간을 몬스터로 만들 수 있는 힘을 가지고 있어."

세바스찬도 굳은 표정으로 말했다.

"형의 생각에 동의해. 대를 위해 소를 희생한다는 말이 진부한 건 알아. 하지만 인간의 목숨이 평등한 이상 니콜을 살리기 위해 뻔히 예상되는 수없이 많은 인간의 목숨을 걸 순 없어."

그러나 로미의 생각은 달랐다.

로미는 지금껏 한 번도 본 적이 없는 냉랭한 표정이었다.

"제가 두 사람을 잘못 봤군요. 난 두 사람이 정의로운 사람인 줄 알았어요. 실망이에요."

"……."

"……."

실망이란 단어가 머릿속을 어지럽게 맴돌았다.

먼저 충격에서 회복한 세바스찬이 말했다.

"그런 게 아냐. 다 사정이 있다고."

"세바스찬 폰 도멜 남작 나으리께서 말씀하시는 사정이라고 해봤자 터무니없이 황당한 그런 종류의 것이겠죠."

"아냐, 로미. 사실 니콜은 우리 편이 아니라고……."

"무슨 그런 얼토당토 않는 말을……."

무혁은 부연설명을 했다.

"세바스찬 말이 맞아. 난 니콜이 콩고 밀림에서 만났었던 스칸다의 일원이라고 생각해."

"니콜이요? 왜죠"

"오거가 고릴라로 돌아온 후 세바스찬이 스칸다를 쫓아갔었지? 그때 스칸다들은 숯 더미로 발견됐어. 당시 난 스칸다가 속한 조직이이 살인멸구를 위해 항공기를 이용해서 그들을 처리했다고 생각했어. 그러나 난 깨달았지. 내가. 그리고 세바스찬이 항공기 소리를 전혀 듣지 못했다는 사실을 말이야."

"그렇다면 속이 안 좋다고 자리를 비웠던 니콜이 그들을 죽였다는 말인가요?"

"맞아."

"모두가 가정에 불과해요. 무엇보다 마나를 사용하는 스칸다들을 니콜이 어떻게 죽였겠어요."

세바스찬이 말했다.

"난, 스칸다들처럼 니콜도 마나를 사용할 수 있다고 생각해."

세바스찬이 왜 니콜을 의심하게 되었는지부터 설명했다.

"너도 기억할 거야. 내가 오러를 느끼고 니콜의 방에 달려갔던 날을……."

"……."

"그날 이후 난……."

세바스찬의 설명을 모두 듣고 난 니콜은 말했다.

"이해했어요. 두 오빠의 말이 맞다는 사실도 알겠어요. 하지만 그래도 난 우리가 니콜 언니를 구해야 한다고 생각해요."

"로미."

"로미야."

"전 시나이산에서 세바스찬과 니콜 언니가 나누던 대화를 들었어요. 왜 이 일을 하느냐는 세바스찬의 질문에 니콜 언니는 자신을 새끼 새에게 먹이를 가져다주는 어미 새로 비유했었죠."

"그건 비유일 뿐이야. 니콜 자신도 그렇게 말했고."

로미는 고개를 저었다.

"아니에요. 오늘 아침 니콜 언니를 치료할 때 느꼈어요. 니콜 언니는 출산의 경험이 있어요."

"……."

"니콜 언니가 어떤 집단에 속해 있는지는 중요하지 않아요. 나에게 중요한 것은 니콜 언니가 엄마란 사실이에요."

"이런 말까지 하고 싶진 않지만 아이가 죽었을 수도 있어. 우리가 만난 이후 니콜은 단 한 번도 아이에 대해 이야기 한 적이 없어. 만나러 간 적도 없고."

"아니에요. 전 유리아 여신님의 이름에 걸고 단언할 수 있어요. 니콜 언니의 아이가 살아 있단 말이에요."

"……."

말릴 틈도 없이 로미는 자신의 말에 유리아 여신의 이름을 걸었다.

즉, 그녀의 선언이 틀리면 죽는다는 의미다.

로미는 여전히 살아 있었다.

그렇다면 니콜의 아이도 살아 있었다.

무혁은 올리비아에게 니콜의 납치 사실을 통보했다.

"때문에 니콜의 신상명세가 필요합니다."

—니콜은 올란도에서 태어나 플로리다주 경찰로 2년을 근무한 후 비밀경호원이 됐어요. 3년간 미국 영부인의 경호원으로 일했고 생텀 코퍼레이션 보안부대에 채용된 시기는 18개월 전이에요.

"……."

무혁은 니콜을 1년 전에 처음 만났다.

니콜의 능력이 아무리 특출하다고 해도 입사 6개월밖에 안 된 사람에게 로미의 경호를 맡긴다?

아무래도 납득이 되지 않았다.

그 점을 지적하자 올리비아가 대답했다.

—제 기억으로 니콜이 선택된 이유는 특별한 인물의 추천

때문이었어요. 잠시만 기다려 주세요. 기록을 찾아봐야겠어요. 아~ 생팀 코퍼레이션 본사, 최고 재무담당자(CFO:Chief Finance Officer)인 샘 피어슨이네요.

외부에 모습을 전혀 드러내지 않아 은둔의 경영자라고 불리는 생팀 코퍼레이션의 창립자는 타국과 언론의 관심을 돌리기 위해 의도적으로 만들어진 가공의 인물이다.

때문에 최고 재무담당자인 샘 피어슨이 실질적인 CEO역할을 대행하고 있다.

"왜 그녀를 선택했는지 이유를 알고 있습니까?"

—부끄럽지만⋯ 몰라요. 흠⋯ 10분만 시간을 주세요. 샘 피어슨과 통화를 해봐야겠어요. 그전에 왜 니콜의 신상명세가 필요한지에 대해 이유를 설명해 줘야 하지 않나요?

"전, 니콜이 제5열이라고 믿습니다. 바로 그 스칸다 말입니다."

—그런⋯⋯. 휴~ 낭패로군요. 알았어요. 잠시 후 통화해요.

약속한 10분을 훌쩍 넘어 30분가량이 지났을 때 올리비아가 연락을 해왔다.

"어떻게 됐습니까?"

—샘 피어슨이 말하길 니콜의 투입은 대통령의 명령이라고 했어요.

"빌리 체임벌린 대통령이 말입니까?"

―그래요. 마샬을 통해 확인해 본 결과, 체임벌린 대통령은 니콜이 영부인을 경호하는 모습을 보고 큰 감명을 받았다고 해요. 그래서 마침 로미가 여성이기도 하니 니콜이 적임자라고 생각한 모양이에요.

"일종의 낙하산이란 이야긴데…… 쉽게 납득이 되진 않네요."

―저도 같은 의문을 가지고 있어요. 하지만 상대는 미합중국의 대통령이에요. 우리가 할 수 있는 일은 없어요.

"그렇겠죠."

니콜이 스칸다 조직에 들어간 이유는 두 가지 정도로 생각해 볼 수 있다.

첫 번째 이유는 니콜이 스칸다의 조직에 포섭되었다는 가정에서 출발한다.

평소 니콜이 보여준 돈에 대한 집착을 고려하면 가장 확률이 높은 가정이다.

이 가정은 배신감은 들지만 심플하고 이해 가능하다.

두 번째 이유는 체임벌린 대통령이 스칸다 조직의 일원일지도 모른다는 음모론적인 생각이 출발점이다.

'믿고 싶지 않지만 도박을 한다면 난 이쪽에 걸겠어.'

무혁이 그렇게 생각하는 이유는 스칸다의 존재 때문이다.

마나를 강제로 사용한다는 아이디어는 지극히 지구인적인 발상의 결과물이다.

만일 스칸다 조직이 지구인이라면 그 조직은 엄청난 과학력을 보유하고 있다는 의미가 된다.

'생텀 코퍼레이션보다 더한 과학력을 보유하고 있다고 봐야지.'

그런 조직을 만들고 보안을 유지할 수 있는 집단은 전 세계에 하나뿐이다.

'미국뿐이잖아. 겉으로는 한국 정부와 협력하는 척하며 생텀 코퍼레이션을 세우고는 뒤로는 호박씨를 까고 있었어. 젠장! 이놈이고 저놈이고…….'

네크로맨서가 날뛰고 있다.

무혁은 그 이유를 모른다.

이런 와중에 생텀 코퍼레이션은 네크로맨서와의 관계를 숨기고 있고, 저 어둠 뒤편에서는 아마도 생텀에서 얻은 산물을 권력으로 치환하려는 집단이 똬리를 틀고 있다.

이제 니콜을 구출할 것인가, 말 것인가에 대한 결정을 내려야 할 시간이다.

세바스찬은 구하지 않는다에 손을 들었고 로미는 구한다에 손을 들었다.

세바스찬은 의기양양했고 로미는 슬퍼했다.

"난······."

무혁은 구한다에 손을 들었다.

로미는 고마워했고 세바스찬은 실망을 표했다.

"고마워요."

"배신자를 왜 구하겠다는 거야."

무혁은 자신이 니콜을 구하겠다는 결정을 내리게 된 배경에 대해 설명했다.

"솔직히 나도 구하고 싶지 않아. 하지만 내가 이런 결정을 내리게 된 이유는 카이탁 때문이야. 카이탁은 인류를 공격하고 있고 우리는 그 이유를 몰라."

"······."

"······."

"니콜과 모세의 유골을 교환하는 순간이 우리에게는 카이탁을 잡을 수 있는 기회가 될 거야."

세바스찬이 무언가 깨달았다는 듯 손뼉을 쳤다.

"니콜의 배후에 있는 세력의 정체를 밝힐 수 있는 찬스이기도 하고?"

"맞아. 한국에서는 이걸 보고 일타이피라고 하지."

"꿩 먹고 알 먹고, 도랑 치고 가재 잡고!"

로미가 무혁을 보며 말했다.

"고마워요."

"고마울 것 없어. 냉철한 판단일 뿐이니까."

"아니에요. 말은 그렇게 하시지만 무혁 오빠의 가슴속에는 인간에 대한 따뜻함이 존재해요."

"그런 거 없어."

"그렇지 않아요. 오빠가 미처 깨닫지 못하고 있을 뿐이죠. 장담하지만 오빠가 가진 가장 강한 힘은 지식도, 지혜도, 마나도, 무력도 아닌 바로 그 뜨거운 가슴이에요."

"……."

고마운 말이다.

분에 넘기는 평가다.

하지만 정작 무혁은 자신이 지극히 속물적인 인간이라고 여기고 있었다.

그래서 이번만은 로미의 판단이 틀렸다고 생각했다.

결정이 내려지자 무혁은 카이탁을 호출했다.

[교환하자.]

[끌끌끌끌. 좋아 좋아~! 아주 좋아!]

[장소와 시간을 말해라.]

[3일 뒤 자정, 라트비아의 굿마나라 석굴(Gutmana cave).]

교환하겠다는 결정은 내려졌지만 순순히 카이탁의 말대로

따라줄 수는 없다.

무혁은 제안을 한 번 비틀었다.

[하지만 아직까지 교환 사실을 윗사람에게 허락받지 못했다. 3일 뒤는 곤란하다 시간이 필요하다. 기다려 달라.]

[3일! 더 이상은 기다릴 수 없다.]

[너, 일평생 네 손으로 돈 벌어본 적 없지?]

[…무슨 소리냐.]

[난 월급쟁이라고. 허락받지 않고 덥석 모세의 유골을 넘겨주면 내 밥줄이 끊겨.]

[안 된다고 했다.]

[아~ 그럼 없었던 일로 해. 내 밥줄이 끊기는데 남 목숨 걱정하게 생겼어? 니콜을 삶아먹든 구워먹든 맘대로 해라. 난 명령받은 대로 로미를 시켜 모세의 유골을 정화해야겠다. 끊는다.]

[자… 잠깐!]

[뭐야, 또? 마음대로 하라니까.]

[넌 동료의 목숨을 하찮게 여기는 특이한 인간이구나.]

[특이하지 않아. 동료를 구하기 위해 목숨을 거는 인간 따위는 영화나 소설 속에만 등장하는 이야기라구. 설마 너 영화나 소설을 보고 날 협박하는 머저리는 아니겠지?]

[……]

홧김에 지른 말이지만 사실 카이탁은 무혁의 말처럼 영화와 드라마를 통해 지구를 경험했다.

그 결과 지구인의 의식 구조가 명예를 중시하는 생텀 기사의 의식 구조와 비슷하다는 판단을 하고 말았다.

[좋다. 일주일을 주겠다. 만일 나타나지 않으면 니콜을 가장 처참한 방법으로 죽여주겠다고 약속하마.]

[좀 빠듯하진 하지만 뭐⋯⋯. 좋아. 대신 니콜의 몸과 정신에 점 하나라도 찍으면 거래는 없는 거야. 명심해. 그럼 그때 보자.]

[너⋯ 너 이 자식!]

[끊는다. 뿅!]

대화를 모두 들은 로미가 물었다.

"왜 그렇게 카이탁의 화를 돋운 거예요."

"준비할 시간이 필요했거든. 카이탁이 교환 장소로 그 뭐냐~ 굿마나라 동굴을 지명했잖아. 단지 모세의 유골만이 필요했다면 이집트에서도 얼마든지 교환은 가능해. 굳이 라트비아를 선택했다면 두말할 것 없이 함정이란 이야기지. 아무 준비 없이 범의 아가리에 들어가는 건 하수나 저지르는 실수라구."

"그런데 무슨 준비를 한다는 거예요?"

"크크크, 두고 보면 알아."

"그렇게 웃지 말아요. 꼭!"

"꼭 뭐?"

"변태 같아요."

"……."

같은 시간, 몸을 부르르 떠는 여성이 지구 반대편에 있었다.

"이상하네. 왜 이렇게 춥지?"

올리비아는 설명하기 힘든 오한을 느끼고 방의 온도를 높였다.

*   *   *

한국에 돌아온 무혁은 아쉽다는 기색을 감추지 않는 김성한 박사와 올리비아의 눈빛을 뒤로하고 바레가족을 인간으로 돌렸다.

인간으로 돌아온 바레가족은 처음에는 왜 자신들이 한국에 있는지 이해하지 못했다. 하지만 아니타의 설명을 듣고는 악마의 품에서 자신들을 구해준 무혁에게 고마움을 표했다.

항공편이 마련되기 전까지 생팀 코퍼레이션 비용 부담으로 한국 관광을 주선하겠다는 올리비아의 발표가 바레가족의 고마움에 기쁨을 더했다.

모두가 즐거웠지만 로미는 그렇지 못했다.

로미는 살짝 무혁에게 다가와 속삭였다.

"문제가 있어요."

"무슨 문제? 짠순이 올리비아의 파격적인 발표 때문에 모두가 행복해 보이는데."

"아니타가 아직 샤먼의 속성을 벗지 못했어요."

"…그럴 수도 있는 건가?"

"만일 아니타가 생텀 출신이라면 가능하죠. 디바인 마크는 지구의 것이지 생텀의 것이 아니니까요."

"하지만 아니타는 지구인이잖아."

"바로 그 점이 문제예요. 전 아니타가 키메라의 바로 전 단계라고 생각해요. 카이탁이 아마도 생텀에서 가져왔을 샤먼 오크의 피와 아니타를 결합했다는 가정이죠."

"하……. 문제는 카이탁이란 말이군. 그 자식, 아주 만악(萬惡)의 근원이야."

아니타가 아직 샤먼 오크인 이상 그녀를 돌려보낼 수는 없다.

무혁은 올리비아에게 사실을 전했다.

"적당한 핑계를 대서 붙잡아두세요."

"알았어요. 부모도 죽었다고 하니 유학을 주선해 볼게요."

"너무 착해진 것 아닙니까? 애인이라도 생겼습니까?"

느닷없는 공격을 받은 올리비아는 황당하다는 표정을 지었다.

"도대체 당신은 날 어떤 여자로 봤던 건가요?"

"음…… 절대 0도의 냉혈녀, 오러를 씌운 바스타드 소드도 들어가지 않을 텅스텐 철벽녀. 스크루지가 어머니하고 큰절을 할 정도의 구두쇠. 마지막으로 네크로맨서와 샘텀 코퍼레이션이 모종의 관계가 있었음에도 모른 척하고 있는 거짓말쟁이 정도가 되겠네요."

"당신… 알고 있었군요."

"모르면 더 이상하죠. 통로는 하나고 카이탁은 통로의 정확한 위치를 알고 있었으니까요."

"…둘만의 조용한 공간이 필요하겠네요."

"동감입니다."

두 사람은 올리비아의 사무실로 자리를 옮겼다.

올리비아는 무혁에게 위스키 한 잔을 권한 후 자신도 한 잔을 따라 단숨에 마신 후 다시 잔을 채웠다.

"이 자리에 있으면서 3가지가 늘었어요. 흰머리와 주름살과 술이죠."

"당신은 아직도 충분히 아름답습니다."

"말이라도 고마워요."

"신세 한탄하려고 절 부르지는 않았을 텐데요."

올리비아는 무혁을 뚫어지게 바라보았다.

"많이 변했군요."

"제가 겪은 일들을 고려하면 안 변하는 게 이상하죠."

"그렇게 생각하니 저도 참 많이 변했네요. 전 MIT에서 분자생물학으로 박사 학위를 땄어요. 내 입으로 말하긴 그렇지만 꽤나 주목받는 성과를 이뤄냈죠. 그러자 수없이 많은 바이오테크놀로지 기업에서 스카우트 제의가 쇄도했어요. 제 인생에 가장 기쁜 나날들이었죠. 당시 전 30만 불에 달하는 학자금융자를 떠안고 있었거든요. 그런데……."

올리비아가 이야기를 시작했다.

무혁은 소파에 깊숙이 몸을 묻고 그녀의 이야기를 경청하기 시작했다.

올리비아가 선택한 회사는 당시로서는 전혀 이름이 알려져 있지 않던 신생 바이오테크놀로지 회사였던 생텀 코퍼레이션이었다.

물론 처음에는 생각할 필요도 없이 생텀 코퍼레이션의 미팅 제안을 거절했다.

미래가 불확실한 회사에 인생을 거는 과학자 이야기는 BBC 공룡 다큐멘터리 속에 등장하는 멸종한 공룡처럼 사라진 지 오래였다.

"그런데 황당한 일이 벌어졌어요. 날 원한다 말하면서 꽃다발과 좋은 와인을 들고 집으로 찾아오던 그 많던 회사가 동시에 연락을 끊었어요."

후일 올리비아는 이 모두가 미국 정부의 압력 때문이란 사실을 알게 되었다.

"하지만 그때는 상관없는 일이었어요. 생텀 코퍼레이션은 세계의 모든 바이오테크놀로지 회사를 합한 것보다 몇 천배는 발달한 기술을 가지고 있었기 때문이죠. 마치 마법과 같았어요."

마법은 검은 로브를 뒤집어쓴 일단의 인물의 능력이었다.

"그들은 우리가 가지고 있던 과학적 제약을 모두 무시했어요. 혈액형도, 면역반응도, 이종교배도 모두 문제가 되지 않았다는 말이에요."

그러던 어느 날 검은 로브들이 사라졌다.

"사라진 건 그들만이 아니었어요. 팀장급 이상의 연구원들도 함께 사라졌죠. 당시 리저럭션 개발을 책임지고 있던 저는 운 좋게 외부에서 임상실험을 진행 중이라 화를 면할 수 있었죠."

그 사건은 생텀 코퍼레이션에게는 불행이었지만 올리비아에게는 기회로 작용했다.

경쟁자가 사라진 올리비아는 쑥대밭이 된 연구소의 책임자가 되었다.

그러자 비밀의 문이 열렸다.

올리비아는 비로소 선갑도 기지와 터널과 터널 게이트의 존재에 대해 알게 되었다.

"검은 로브들이 바로 네크로맨서였어요."

생팀에 도착한 미국은 도멜 백작령과 맞닿아 있는 블랙 포레스트(검은 숲)에 교두보를 설치하고 정보를 수집하기 시작했다.

"그 뒷이야기는 당신도 알 거예요. 심장병에 걸린 백작의 아들을 고쳐주고 성공적으로 도멜 백작령과 교역을 시작했죠. 그리고 그 무렵 네크로맨서들이 나타났어요."

대륙 마탑의 공적 선포로 인해 멸망 직전까지 소탕당한 네크로맨서들은 천신만고 끝에 블랙 포레스트에 도착해 숨어 지내고 있었다.

그들은 미국이란 존재가 이계인이라는 사실을 알고 의도적으로 접근했다.

미국 또한 그동안 수집된 정보로 네크로맨서가 죽음의 대리자라는 사실을 알고 있었다.

"그러나 멀리하기에는 네크로맨서가 보여주는 열매가 너무나 달콤했죠. 생팀의 초인들을 두려워하고 있던 미국과 복수를 위한 힘이 필요했던 네크로맨서의 욕망이 일치했기도 했구요."

"아무리 그렇더라도 그런 악마들을 지구로 데려오다니 정말로 무책임한 짓을 저질렀군요."

"동의해요. 네크로맨서들의 반란이 있고 난 후 미국은 그들을 잡기 위해 필사적인 노력을 기울였어요. 하지만 그러한 노력들은 번번이 수포로 돌아갔죠. 그런데 그때 로미와 세바스찬이 나타났어요. 난감해하던 미국으로서는 신의 선물과 같았죠."

"로미와 세바스찬의 요구를 받아들인 이유가 단순히 그들의 지구 경험이 아니라는 말이군요."

"부인하지 않겠어요."

빌어먹을 미국이다.

이들은 처음부터 로미와 세바스찬을 네크로맨서 소탕에 써먹을 생각이었다.

올리비아가 계속 말했다.

"미국도 저도 예상 못했던 일은 당신의 등장이었어요. 당신은 지구인 최초로 마나를 익혔고, 로미와 세바스찬의 깊은 신임을 얻었어요. 그리고 지구 사정에 어두운 두 사람과 함께 네크로맨서들의 도발을 효과적으로 방어해 냈죠."

"칭찬입니까?"

"칭찬이에요. 세상에 알려지지는 않았지만 지금까지 네크로맨서의 실험으로 사망한 민간인과 보안부대원의 숫자는 1만 명이 훌쩍 넘어가요."

"절 자랑스러워해도 되겠군요."

"그럼요. 당신이 아니었다면 미국이 완벽하게 독식하고 있던 생텀 개발의 한자리에 한국을 끼워줄 이유가 없지 않겠어요?"

올리비아의 이야기는 길었지만 몇몇 사실을 제외하고는 대부분 무혁이 예상하고 있던 범주를 벗어나지 못했다.

무혁은 스칸다 문제로 넘어갔다.

"난, 마나를 인공적으로 사용할 수 있는 장비를 갖춘 전투부대를 육성할 수 있는 집단은 미국뿐이라고 생각합니다."

"……."

"하지만 이 생각에는 크나큰 문제가 존재합니다. 생텀 코퍼레이션은 미국정부의 소유입니다. 자신의 소유에 니콜 같은… 스파이를 넣어 무슨 이득이 있을까요?"

"미국은 큰 나라이니까요. 한국만 해도 검찰과 경찰 사이에 정보공조가 되지 않아 문제가 생기는 것처럼 미국도 마찬가지예요."

"스칸다가 미국의 기관이란 사실은 인정하시군요."

"생텀 코퍼레이션 한국 지사장이자 선갑도 연구소 소장이라는 공식적인 직위를 가진 올리비아의 대답은 'No'예요. 하지만 개인적인 대답은 'Yes'라고 해두죠."

이렇게까지 나오니 더 이상 추궁할 방법이 없다.

무혁은 마지막 안건으로 넘어갔다.

"라트비아의 굿마나라 동굴로 가야합니다. 아마도 함정투성이겠죠. 그래서 장비가 필요합니다."

"무슨 장비 말이죠?"

"38층 금고에 있을 마법무구와 아티팩트 말입니다."

"왜 그곳에 마법무구와 아티팩트가 있다고 생각하죠?"

"너무 당연한 일이라서 이유를 설명할 수 없군요."

"휴~! 뻔뻔하달까, 당당하달까. 종잡을 수가 없는 사람이군요. 부인하지 않겠어요. 맞아요. 그 금고에는 샘팀에서 수집한 다양한 무구가 있어요. 하지만 나에게는 그 물건들을 내줄 권한이 없어요."

"그 권한을 가진 사람은 누굽니까?"

"그야, CFO인 샘 피어슨이죠. 아~!"

"눈치채셨군요."

"지금 나더러 니콜을 추천한 일을 약점 삼아 샘 피어슨을 협박하라는 이야기잖아요."

"맞습니다. 역시 올리비아 당신은 똑똑해요."

"샘 피어슨이 손가락만 흔들면 내 목은 날아가요."

"못 날립니다. 절대로."

"당신은 악마예요."

무혁의 장담처럼 마샬 피어슨은 올리비아의 목을 날리지 않고 무혁의 요청을 승인해 주었다.

제36장

던전

　금고 안에는 수백 자루의 무기와 수십 벌의 갑옷, 그리고 각종 장신구가 차곡차곡 쌓여 있었다.

　"후와~! 멋진걸?"

　언제나 그렇듯이 세바스찬은 무혁의 말에 토를 달고 나섰다.

　"쓰레기까진 아니지만 그렇다고 명품도 아니야. 대충 평범한 백작가 무고에 있을 법한 물건들 수준이지."

　"그래서 잘난 넌 필요 없다는 말이지?"

　"그럴 리가. 다른 건 몰라도 갑옷은 하나 골라야겠어. 내

것도 나름 괜찮은 물건이긴 한데 풀 플레이트 갑옷이라 지구
에서 입고 다니기에는 너무 눈에 띄어."

"마음대로 하세요."

무혁은 뒷짐을 지고 구경하고 있는 로미에게 다가갔다.

"로미도 골라보지 그래?"

"전 제 신관복만으로도 충분해요."

"그래도 가벼운 네이피어 정도는 가지고 있는 편이…….
네이피어가 부담스러우면 단검도 괜찮고."

"정말 필요 없어요."

등 뒤에서 세바스찬의 목소리가 들렸다.

"생명의 여신님의 종에게 무기를 권하는 무!식!한! 남자가
여기 어디 있다던데!"

"……."

당했다.

복수가 필요했다.

복수의 기회는 바로 찾아 왔다.

"어? 이 물건이 왜 여기에?"

세바스찬이 말한 이 물건이란 가슴에 붉은 드래곤이 양각
된 하프 플레이트 갑옷이었다.

"아는 갑옷이야?"

"대대로 전해 내려오는 가문의 무구야. 내가 사용하던 검

과 한 쌍이지. 그런데 왜 이놈이 여기 있는 거지?"

기회다.

무혁은 한껏 비꼬았다.

"동생 백작나리가 팔아먹었나 보지. 아마 자동차 휘발유 사려고 그랬을 거야."

"……."

해답은 일행을 감시(?)하기 위해 따라 올라온 올리비아가 가지고 있었다.

"여기 있는 무구의 대부분은 도멜 백작령의 무고에서 온 물건이 맞아요."

세바스찬이 울상을 지었다.

"형 말처럼 팔아먹은 겁니까?"

"판 건 맞지만 휘발유 때문은 아니에요. 세바스찬 남작님의 동생이신 데오도르 백작님께서는 지구의 무기를 구입하고 싶어 하셨어요. 아마도 포레스트인, 즉 생텀 코퍼레이션 보안 부대가 가진 무기의 위력에 큰 감명을 받으셨던 모양이에요."

"그래서 이 무구들을 팔아 지구의 무기를 샀다?"

"그렇습니다. 몇몇 무구 빼놓고는 쓰레기……. 미안해요. 골동품에 지나지 않았지만 우리에게도 데오도르 백작님은 매우 중요한 분이니까요. 가격에 상관없이 영지병과 사냥꾼들이 사용할 수 있는 충분한 수량의 무기를 공급해 드렸죠."

무혁의 바람과 달리 세바스찬은 무척 흡족해 했다.

"도멜 백작 각하도 열심이시군. 아무렴, 머지않아 무거운 무구는 거추장스러운 짐에 불과한 시대가 올 거야. 과거에 얽매여서는 발전할 수 없지. 암."

이런 상황에서도 깍듯이 동생에게 백작 각하라는 칭호를 붙인다.

'멋지잖아. 세바스찬!'

형제가 없는 무혁은 가질 수 없는 감정에 대한 질투다.

무혁은 부러움을 담아 말했다.

"형만 한 아우 없다는 말도 순 거짓말이었어."

세바스찬이 웃으며 대꾸했다.

"최소한 내 동생은 멋진 놈이야."

"백작 각하라고 안 했다."

"공적인 대화가 아니니까."

"……."

끝까지 멋진 척은 혼자 다 하는 세바스찬이다.

＊   ＊   ＊

금고를 샅샅이 뒤진 무혁은 가벼운 하프 플레이트 갑옷과 실드 마법과 해독 마법, 저주 해제마법 등이 인챈트된 아티팩트들, 그리고 약간의 힐링포션을 챙겼다.

세바스찬이 챙긴 것은 가보라는 붉은 드래곤 하프 플레이트 갑옷뿐이었다.

"그래도 가보는 가보니까. 이걸 팔면서 도멜 백작 각하의 마음이 얼마나 슬프셨겠어."

로미는 아무것도 챙기지 않았다.

금고를 나온 무혁은 한 가지 이상한 점을 발견했다.

이집트에서 돌아온 후 한 번도 보지 못한 말콤의 존재다.

"그러고 보니 말 많은 아저씨가 안 보입니다."

"말콤 대장은… 휴~ 어차피 알 일이니 상관없겠죠. 말콤 대장은 최정예 보안대원들과 함께 굿마나라 석굴에 가 있어요."

"그게 무슨 말입니까?"

"상부의 명령이 있었어요."

"명령이라… 누가 그런 멍청한 명령을……."

언제까지나 한국인인 무혁과 생텀인인 로미, 세바스찬에게 의지할 수 없다는 미국의 자존심일 것이다.

"생텀에서 경험이 많은 대원을 차출했어요. 그러니 지금까지처럼 허무하게 당하지는 않을 거예요. 혹여 문제가 생겨도 당신들에게 정보를 제공할 수도 있구요."

"내가 상관할 문제는 아니지만 생각대로는 안 될 겁니다."

"작전 개시 시간이 얼마 안 남았어요. 직접 보시겠어요?"

"당연하죠."

일행은 상황실로 자리를 옮겼다.

상황실의 거대한 모니터에는 보안대원들의 머리에 장착된 카메라가 찍은 영상이 실시간으로 플레이되고 있었다.

암벽에 악마의 입처럼 어둠을 드러내고 있는 굿마나라 석굴이 보였다.

작전이 시작되었다.

―정찰로봇 투입!'

말콤 대장의 명령이 떨어지자 정찰로봇이 동굴 안으로 이동했다.

동시에 상황실 모니터 한쪽에 정찰로봇이 전송하는 영상이 표시되었다.

20여 미터를 이동하자 평범했던 동굴의 모습이 급변했다.

동굴은 천정과 벽과 바닥이 온통 끈적끈적한 점액질로 뒤덮여 있었다.

정찰로봇 오퍼레이터가 보고했다.

―환경센서에 치사량이 훨씬 넘는 신경독이 감지됩니다."

무작정 돌입했다면 그대로 몰살했을 상황이다.

말콤 대장이 다시 명령을 내렸다.

—화생방 보호복 착용. 산소 잔량에 주의하라."

보안대원들이 일사분란하게 화생방 보호복을 착용했다.

그동안도 이동하고 있던 정찰로봇이 보내던 영상이 멈췄다.

"로봇의 궤도가 움직이지 않습니다. 점액에 붙어버린 것 같습니다."

잠시 망설이던 말콤 대장이 드디어 돌입을 결정했다.

—좋다. 지금부터 진입한다. 발포 자유.

—알겠습니다."

명령에 따라 보안대원들이 진입을 시작했다.

무혁은 보안대원들의 카메라가 보내는 영상에 집중했다.

격렬하게 흔들리는 적외선 영상이 보안대원들의 긴장감을 고스란히 전해주고 있었다.

로미가 세바스찬에게 말했다.

"말콤 대장님에게 해줄 말 없어요?"

"있어. 그것도 아주 많이. 하지만 하지 않을래. 아니, 해서는 안 돼."

"왜요? 도움이 될 텐데요."

"아니. 전혀 도움이 되지 않아. 오히려 방해만 될 뿐이지. 저 동굴 안에서 어떤 종류의 위협이 닥칠지 모르는 이상 내가 주는 정보는 혼란만을 가중시킬 뿐이야."

　이야기를 나누는 동안 보안대원들은 언제 챙겼는지 모를 모래를 뿌리며 길을 개척해 점액질 지대를 무사히 통과했다.

　생각지도 못했던 방법을 본 무혁은 자신도 모르게 소리를 질렀다.

　"잘했어."

　말콤 대장은 확실히 유능한 사람이었다.

　보안대원들의 카메라를 향해 검은 구름이 날아왔다.

　무혁은 또다시 소리쳤다.

　"검은 구름은 화생방 보호복으로는 못 막는다고."

　그러나 이번에도 말콤 대장은 대책을 가지고 있었다.

　─모두 넥타르를 사용해!

　보안부대원들이 일사불란하게 서로에게 투명한 액체를 뿌리기 시작했다.

　"왜 넥타르를… 아~!"

　올리비아가 말했다.

　"넥타르는 신성력으로 만드는 음료라면서요. 그래서 준비했어요."

　검은 연기가 보안대원들을 휘감았다.

　─상황 보고!

—이상 없습니다. 연기가 넥타르에 닿자마자 사라지고 있습니다.

—좋아. 전진.

이제 걱정을 내려놓아도 되겠다 싶었다.

살짝 안심도 되었다.

그러나 안심은 앞으로 벌어질 참극의 전조에 불과했다.

검은 연기 지대를 벗어나자 또 다시 검은 연기가 몰려왔다.

"또야? 내가 알던 카이탁이 저렇게 멍청하던가?"

세바스찬의 표정이 굳어졌다.

"아냐… 저건……. 검은 연기가 아니야. 죽음의 벌레 웜이야."

세바스찬은 마이크로 달려가 소리쳤다.

—도망쳐. 무조건 도망쳐!

그러나 세바스찬의 경고는 이미 늦었다.

검은 연기로 보였던 것이 보안대원의 카메라에 달라붙었다.

웜은 일견 딱정벌레처럼 보였다. 하지만 절대로 딱정벌레가 아니었다.

—끄아아악!

—끄아아악!

보안대원의 비명 소리가 상황실을 채웠다.

타타타타탕!

타타탕!

타타타타탕!

"총으로는 안 돼. 웜은 쇠도 갉아 먹는 마물이라고⋯ 불을 사용해, 불을!"

─끄아아악!

─끄아악!

"도⋯ 도망쳐."

세바스찬의 애원은 이뤄지지 못했다.

카메라가 보내주던 영상이 하나둘씩 흑백의 줄무늬만 남기고 사라지기 시작했다.

마지막 남은 한 개의 카메라가 지면으로 떨어졌다.

운 좋게 살아남은 카메라가 비추고 있는 장면은 방금 전까지 살아있는 인간이었을 생명체의 잔해뿐이었다.

꽝!

무혁은 탁자를 내려쳤다.

우직!

두터운 원목으로 만들어진 탁자가 수수깡처럼 부서졌다.

"젠장! 어떤 자식이 명령을 내린 거야. 도대체 어떤 자식이!"

"……."

로미가 다가왔다.

"저기……."

"지금은 말할 기분이 아니야. 보안대원들을 사지로 몰아넣은 인간을 박살 내고 싶은 심정뿐이라고."

"알아요. 하지만 다른 사람도 생각해야죠."

"……."

주변을 둘러보니 상황실의 모든 사람이 무혁을 바라보고 있었다.

'젠장, 난 생텀 코퍼레이션의 직원도 아니잖아. 내가 무슨 권리로…….'

머리는 그렇게 생각했지만 마음은 쉽게 식지 않았다.

무혁은 정찰로봇과 살아남은 카메라가 보내오는 영상을 노려보았다.

"음?"

정찰로봇이 보내오는 화면에 움직이는 물체가 잡혔다.

"인간!"

정찰로봇의 카메라 앞을 지나가고 있는 물체의 정체는 수십 명의 인간이었다.

인간들은 크롬도금이라도 한 것처럼 반질거리는 풀 플레이트 갑옷으로 전신을 가리고 손에는 롱소드를 들고 있었다.

롱소드에 희미하게 덧씌워져 있는 청광을 본 순간 무혁은 그들의 정체를 알아차렸다.

"스칸다!"

무혁은 모니터에 집중했다.

정찰 로봇을 지나친 스칸다들이 유일하게 신호를 보내고 있는 카메라에 다시 등장할 때까지 걸린 시간은 불과 1분 남짓.

보안부대보다 월등히 빠른 전진 속도다.

방법은 모르지만 스칸다들은 검은 연기에도 전혀 타격을 입지 않았다.

"웸은?"

역시나 웸이 나타났다.

연기처럼 몰려온 웸이 스칸다를 뒤덮었다.

"……."

"……."

"……."

웸은 스칸다를 먹지 못했다. 다만 시커멓게 스칸다에게 달라붙어 있을 뿐이었다.

그리고 스칸다들 사이에 번개가 쳤다.

치치치치!

그것은 마치 수십 대의 테슬라 코일이 만들어내는 고주파

고전압 방전의 향연 같았다.

세바스찬이 소리쳤다.

"전격마법!"

전격마법일 리는 없다. 그러나 확신할 수도 없다.

마나도 인공적으로 사용하는 놈들이니 마법이라고 그러지 말라는 법이 없지 않은가.

스칸다들의 몸에 붙어 있던 웜들이 먼지처럼 우수수 떨어졌다.

이윽고 카메라에서 스칸다들이 사라졌다.

무혁은 꼼짝하지 않고 스칸다들이 나타나기를 기다렸다.

그러나 한 시간, 두 시간, 세 시간이 지나도 스칸다들은 다시 나타나지 않았다.

결국 스칸다는 카메라가 8시간 만에 작동을 멈출 때까지 돌아오지 않았다.

"성공했을까?"

결론은 회의적이었다.

무혁은 세바스찬과 로미에게 물었다.

"우리가 할 수 있을까?"

단지 힘을 얻기 위한 질문이었다.

그런데 돌아온 대답은 무혁이 원했던 것 이상으로 긍정적이었다.

"3급 던전쯤으로 보여요. 우리 세 사람과 준비만 철저하면 충분히 통과할 수 있어요."

"3급 던전은 나와 로미 둘만으로도 클리어한 적이 있어. 요는 던전에 대한 정보야. 정보만 충분하면 아무것도 아냐."

"좋아. 그럼 가자. 올리비아, 항공편을 준비해 주세요."

그로부터 정확히 12시간 후 일행은 굿마나라 동굴 앞에 서 있었다.

무혁은 말했다.

"자, 던전을 클리어해 보자구."

『생텀』 4권에 계속…

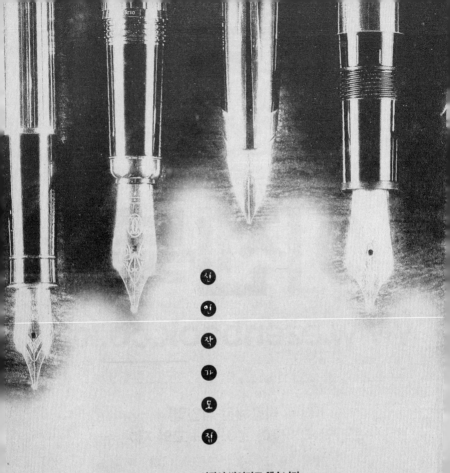

신

인

작

가

모

집

시작이 반이라고 했습니다.
작가의 길에 대한 보이지 않는 벽을 과감히 깨뜨리십시오!
청어람은 작가 지망생 여러분들의
멋진 방향타가 되어드리겠습니다.

저희 도서출판 청어람에서는
소설 신인 작가분들을 모집합니다.
판타지와 무협을 사랑하시는 분들의 많은 참여를 바랍니다.
소정의 원고(A4용지 150매)를 메일이나 우편으로 보내주시면
검토 후 출판 여부를 알려드리겠습니다.

주소:경기도 부천시 원미구 심곡2동 163-2 서경B/D 2F 우편번호 420-822
TEL:032-656-4452 · **FAX**:032-656-4453
http://**www.chungeoram.com**
e-mail:chungeoram@chungeoram.com

말년병장 이등병되다!

에바트리체 장편 소설

FUSION FANTASTIC STORY

대한민국 남자라면 알고 있을 바로 그 이야기!

『말년병장, 이등병 되다!』

전역을 코앞에 둔 말년병장, 이도훈.
꼬장의 신이라 불리던 그가 갑자기 훈련병이 되었다?!

"…이런 X같은 곳이 다 있나!"

전우애 넘치는 군인들의
좌충우돌 리얼 군대 이야기!

LORD

FANTASY FRONTIER SPIRIT

RAY SHADE

영주 레이샤드

한승현 판타지 장편소설

저주받은 영지 아베론의 영주 레이샤드,
열다섯 번째 생일날,
정체불명의 열쇠가 그의 운명을 바꾸었다!

『영주 레이샤드』

시험의 궁을 여는 자, 원하는 것을 얻으리니!
시련을 극복하고 새로운 땅의 주인이 되어라!

레이샤드의 일대기가 시작된다!

Book Publishing CHUNGEORAM

유행이 아닌 자유추구 -
WWW.chungeoram.com

FANATICISM HUNTER

광신사냥꾼

류승현 판타지 장편 소설

FANTASY FRONTIER SPIRIT

『블레이드 마스터』의 류승현 작가가 펼쳐내는
판타지의 새로운 신화!

마도대전을 승리로 이끈 유리언 대륙의 영웅,
최강의 아크 메이지 제온!

그러나 '세상의 섭리'에 아내와 아이를 빼앗기는데…….

『광신사냥꾼』

만약 그것이 정말로 세상의 섭리라면,
그마저도 무너뜨리고 말리라!

복수를 위한 제온의 위대한 여정이 시작된다!

Book Publishing CHUNGEORAM

유행이 아닌 자유추구 -
WWW.chungeoram.com